U0134297

# 南洋遊蹤

書　名　蔡瀾選集・拾肆——南洋遊蹤

作　者　蔡瀾

出　版　天地圖書有限公司
香港黃竹坑道46號
新興工業大廈11樓（總寫字樓）
電話：2528 3671　傳真：2865 2609
香港灣仔莊士敦道30號地庫/ 1樓（門市部）
電話：2865 0708　傳真：2861 1541

印　刷　亨泰印刷有限公司
柴灣利眾街德景工業大廈10字樓
電話：2896 3687　傳真：2558 1902

發　行　香港聯合書刊物流有限公司
香港新界大埔汀麗路36號中華商務印刷大廈3字樓
電話：2150 2100　傳真：2407 3062

出版日期　2020年6月初版・香港

---


ISBN：978-988-8548-67-5

# 出版説明

蔡瀾先生與「天地」合作多年，從一九八五年出版第一本書《蔡瀾的緣》開始，至今已出版了一百五十多本著作，時間跨度三十多年，可以說蔡生的主要著作都在「天地」。

蔡瀾先生是華人世界少有的「生活大家」，這與他獨特的經歷有關。他祖籍廣東潮陽，新加坡出生，父母均從事文化工作，家庭教育寬鬆，自小我行我素，放蕩不羈。中學時期，逃過學、退過學。由於父親管理電影院，很早與電影結緣，求學時便在報上寫影評，賺取稿費，以供玩樂。也因為這樣，雖然數學不好，卻苦學中英文，從小打下寫作基礎。

上世紀六十年代，遊學日本，攻讀電影，求學期間，已幫「邵氏電影公司」工作。學成後，移居香港，先後任職「邵氏」、「嘉禾」兩大電影公司，監製過多部電影，與眾多港台明星合作，到過世界各地拍片。由於雅好藝術，還在工餘尋訪名師，學習書法、篆刻。

八十年代，開始在香港報刊撰寫專欄，並結集出版成書。豐富的閱歷，天生的愛好，為熱愛生活的蔡瀾遊走於東西文化時，找到自己獨特的視角。他筆下的遊記、美食、人生哲學，以及與文化界師友、影視界明星交往的趣事，都栩栩如生地呈現在讀者面前，成為華人世界不可多得的消閒式精神食糧。世上有錢人多的是，但不一定有蔡生的機緣，可以跑遍世界那麼多地方；世上有閒人多的是，也許去的地方比蔡生多，但不一定有他的見識與體悟。很多人說，看蔡生文章，如與智者相遇、如品陳年老酒，令人回味無窮！

蔡瀾先生的文章，一般先在報刊發表，到有一定數量，才結集成書，因此「天地」出版的蔡生著作，大多不分主題。為方便讀者選閱，我們將近二十年出版的蔡生著作重新編輯設計，分成若干主題，採用精裝形式印行，相信喜歡蔡生作品的朋友，一定樂於收藏。

天地圖書編輯部

二〇一九年

# 與蔡瀾同行

*金庸

除了我妻子林樂怡之外，蔡瀾兄是我一生中結伴同遊、行過最長旅途的人。他和我一起去過日本許多次，每一次都去不同的地方，去不同的旅舍食肆；我們結伴共遊歐洲，從整個意大利北部直到巴黎，同遊澳洲、星、馬、泰國之餘，再去北美，從溫哥華到三藩市，再到拉斯維加斯，然後又去日本。我們共同經歷了漫長的旅途，因為我們互相享受作伴的樂趣，一起享受旅途中所遭遇的喜樂或不快。

蔡瀾是一個真正瀟灑的人，率真瀟灑而能以輕鬆活潑的心態對待人生，尤其是對人生中的失落或不愉快遭遇處之泰然，若無其事，不但外表如此，而且是真正的不縈於懷，一笑置之。「置之」不大容易，要加上「一笑」，那是更加不容易了。他不抱怨食物不可口，不抱怨汽車太顛簸，不抱怨女導遊太不美貌。他教我怎樣喝最低劣辛辣的意大利土酒，怎樣在新加坡大排檔中吮吸牛骨髓；我會皺起眉頭，他始終開懷大笑，所以他肯定比我瀟灑得多。

我小時候讀《世說新語》，對於其中所記魏晉名流的瀟灑言行不由得暗暗佩服，後來才感到他們矯揉造作。幾年前用功細讀魏晉正史，方知何曾、王衍、王戎、潘岳等等這大批風流名士、烏衣子弟，其實猥瑣齷齪得很，政治生涯和實際生活之卑鄙下流，與他們的漂亮談吐適成對照。我現在年紀大了，世事經歷多了，各種各樣的人物也見得多了，真的瀟灑，還是硬扮漂亮一見即知。我喜歡和蔡瀾交友交往，不僅僅是由於他學識淵博、多才多藝、對我友誼深厚，更由於他一貫的瀟灑自若。好像令狐沖、段譽、郭靖、喬峰，四個都是好人，然而我更喜歡和令狐沖大哥、段公子做朋友。

蔡瀾見識廣博，懂的很多，人情通達而善於為人着想，琴棋書畫、酒色財氣、吃喝嫖賭、文學電影，甚麼都懂。他不彈古琴、不下圍棋、不作畫、不嫖、不賭，但人生中各種玩意兒都懂其門道，於電影、詩詞、書法、金石、飲食之道，更可說是第一流的通達。他女友不少，但皆接之以禮，不逾友道。男友更多，三教九流，不拘一格。他說黃色笑話更是絕頂卓越，聽來只覺其十分可笑而毫不猥褻，那也是很高明的藝術了。

過去，和他一起相對喝威士忌、抽香煙談天，是生活中一大樂趣。自從我試過心臟病發，香煙不能抽了，烈酒也不能飲了，然而每逢宴席，仍喜歡坐在他旁邊，一來習慣了，二來可以互相悄聲說些席上旁人不中聽的話，共引以為樂，三則可以聞到一些他所吸的香煙餘氣，稍過煙癮。蔡瀾交友雖廣，不識他的人畢竟還是很多，如果讀了我這篇短文心生仰慕，想享受一下聽他談話之樂，未必有機會坐在他身旁飲酒，那麼讀幾本他寫的隨筆，所得也相差無幾。

* 這是金庸先生多年前為蔡瀾著作所寫的序言，從行文中可見兩位文壇健筆相交相知之深，相信亦有助讀者加深對蔡瀾先生的認識，故收錄於此作為《蔡瀾選集》的序言。

# 目錄

## 緬甸、泰國
## 柬埔寨、越南

## 馬來西亞
## 新加坡、印尼

## 旅遊心得

# 緬甸、泰國、柬埔寨、越南

# 緬甸之旅

依照慣例，我們的旅行團在出發之前，必先於「鏞記」設一茶會，坐下來聊聊天氣和衣着，以及一些基本的準備。

說是茶會，已演變為一大宴席，食物有該店著名的完美皮蛋和燒鵝，另有點心和菜餚，最後以魚粥和甜品桂花糕白糖糕等收場。

大家已經熟悉，導遊也不用一一說明，最主要的是說明當地接收不到漫遊，也傳不了信息。等於說手機無用嗎？又不是，可買一張卡，二十五塊美金，幾分鐘使完。

帶甚麼插座也得說明。是一種圓形，凸進凹洞去插的，像法國式，不過不是雙圓腳，而是扁的，與美國式一樣。

天氣呢？四月底已相當炎熱，中午可達四十度，但一早一晚降至最舒服的二十四度，帶多一件薄夾克或披肩吧，要是身子弱的話。大部份人都是夏威夷裝，我說佛國嘛，太鮮艷也不行。

好在是沒遇到雨季，陽傘可也，帽子當然最方便了，太陽鏡不可不戴。

貨幣呢？緬甸人用的是「察特」。一美金等於九百多察特，但當地錢又殘又舊，還是以美金付款好了，但是他們歡迎新鈔，一見不是新的就不收，去哪裏換那麼多新一元？

「如果你說要就收，不收不買了，那麼他們也只好接受。」我說。

「有甚麼東西好買的呢？」眾人最關心就是這個問題。

「沒甚麼特別，動你的心就買。」我建議。

「這次為甚麼乘泰航？」

「怕當地吃的大家不滿足，回程停曼谷，可以大擦一頓。」

「現在動亂，放心嗎？」

「到時再決定吧。」我說：「平靜下來就停，不然多住仰光一晚。」

就那麼辦吧，大家散會。

臨行，看新聞，紅衫軍已越搞越亂，鬧出人命來，還是取消曼谷一晚，即時訂酒店，想改住仰光的 The Strand，但客滿，回程還是住回第一晚相同的「官邸 The

Governor's Residence」。

在曼谷轉機，抵仰光已入夜，整市燈光幽暗，海關人員也算客氣，有幾個看到我們的香港護照，還以粵語打招呼。但在香港生活過，覺得任何地方的官員做事都是慢的。

只要不帶超過二千美金就不必填寫報表，有些團友腰包滿滿，分給其他人暫持，大家順利走了出來。

機場離市中心十公里，我們的酒店在八公里，但也要走半小時，這裏，一切都緩慢了下來，不管是走路還是乘摩哆車。

進入一條小路，是大使館區。越走越暗，有些團友開始擔心，我說軍國統治只有一樣好，那就是安全，不聽話的人會失蹤。

看到一張張打開着的大紙傘，燈光由裏面照明，甚有禪味，就是我們要下榻的地方。很大的一個花園，佈滿各種熱帶樹木，像個雨林。一間間的小屋，裏外都是由柚木建成，這裏不愁的，就是這種植物了。

大堂是一座兩層樓的建築，樓下設歡迎酒會和冰凍毛巾，樓上是英殖民地督察招待客人的地方，非常廣闊。聯想到當年英國人在這裏開的盛裝派對的情景，大概毛姆也被招待過吧。

走入宴會廳吃一餐緬甸菜，肚子餓了，不管甚麼食物都覺美味。緬甸菜相當地簡單和原始，吃來吃去最多是「茶宴」。把發酵過，是帶濕氣的茶葉、蝦米、黃豆、花生、芫荽等等分成一小碗一小碗，裝在一個大碟中，客人左抓一把右抓一把就那麼送進口。好不好吃見仁見智，但新奇感的確是十足的，他們的咖喱也不辣，適合溫和的民族性。

一有咖喱下飯，大家吃個飽飽，睡覺去也。

一早鳥語花香，庭園中空氣清新，散步一圈之後回房洗澡，一切浴室用品是 Bvlgari 貨，只嫌花灑水力不足。

掛毛巾的不是鐵架，由幾個球型的東西組成，圓球上有個菂，仔細一看，是粒山竹，用柚木雕出，很有藝術性，想將它拆下來拿回家用。

花香還是不及食物香，自助的早餐已擺滿餐桌，新鮮出爐的麵包特別誘人。我愛的只是麵，有緬甸式的，乾麵上淋了魚湯，是他們典型的食物。

雞蛋是另有張菜單點的，既然是英國傳統，水烚蛋 poached egg 一定做得好，團友鄺先生由多倫多來參加，他特別喜歡白煮蛋 mollet egg，一叫四個，上桌一看，用半圓容器裝着，已經依他關照煮了九分鐘。太熱，侍者另擺一碗冰水給他浸涼後剝殼。

他說：「這才叫服務。」

自從飛機降落到出發到目的地，一切都由我們轉乘的船 Road to Mandalay 安排妥善，行李已事前幫我們送到機場。

這艘船屬於 Orient Express，是一家規模很大的機構，擁有歐洲的東方快車，在世界五大洲有自己的旅館，都是一流的。

仰光的這家 The Governor's Residence 也由他們經營，督察官邸改裝，只有十幾間房，但甚有氣派，各位來到此地，不妨一住。比起歐洲酒店，還是相對地便宜。

等待出發時，諸團友紛紛把花園中的花卉拍了下來，有各種形狀不同的天堂鳥。鳳凰木只剩下花，一片樹葉也沒有，整棵火紅，怪不得有「燃燒中的樹」這個英文名字。香蕉花也與別處不同，不是垂下而是翹着朝上生長的，像一朵睡蓮，紫紅得漂亮，又可當沙律來吃。

游泳池相當大，一對法國夫婦從昨晚浸到今早，皮也不脫。太太還不斷罵老公，不是香港女強人老婆的專利，看了真有趣。

到仰光國內機場，看到一架螺旋槳機，大家都呆住了。

團友張先生夫婦由德國專程來港加入此行，他對飛機種類最有研究。

「這一款飛機從來沒有失事過，天下最安全。」他說我才不怕呢，其他團友鬆一口氣。

緬甸航空的空姐，大家都讚漂亮，當然咯，不染金髮、略施脂粉、滿面笑容、自然舒服，不美也看得美。

引擎轟轟作響，不能聽錄音書了。報紙雜誌亦無看頭，找到和尚袋。這回我不敢帶泰國僧侶用的黃金色，怕被罵冒犯，拿了一個韓國和尚的灰色袋子。從袋中取出一本亦舒，行李中一共有八冊，一天看一本。好傢伙，一程飛機已看完一半，為甚麼不多攜數冊？

飛了一小時多一點，就抵達內陸船出發點 Bagan，先下船去吃一個午餐。

「蔡先生，請簽名。」後面發出一個聲音，來自一位胖子，是船上的大廚，拿了一本我的新書。

這下可好，有東西吃了。

很面熟，原來是從新加坡到曼谷那程 Eastern & Oriental Express 車上調過來，從前被查先生邀請去乘坐時遇過，依稀記得。

「盡量做多點我們吃得慣的。」我吩咐。接着開威脅性的玩笑：「滿意了才簽名。」

中餐是自助式的，豐富得很，大家對那盤炒粿條最有興趣，然後吃大量木瓜。我嫌不夠甜，借淋在煎餅上的蜜糖一用，好吃得多。

天氣炎熱，我們在二樓的冷氣餐廳進食，甲板上給一群葡萄牙來的遊客霸佔，也好，老死不相往來。

飯後，遊廟去。

巴幹 Bagan 是緬甸的古都之一，只有四十二平方公里，但有一萬三千座佛塔。佛塔，英文叫 Pagoda，是個鐘形的建築，最普遍的是漆成白色，也有包金的，更有用白色小瓷磚砌成，非常漂亮。

當今經過地震和風雨，外牆多已剝脫，剩下來的是基層的紅磚，泥土顏色，一個個林立在巴幹的原野，不知道的人，還以為是些古墓呢。

為甚麼人們要立那麼多佛塔？那是供奉神明的一種功績，人們一有錢就建一個，越偉大越表現自己的財富和勢力，連同他們的家族和親友，都感到驕傲，身份高了出來。

在這一大群數百個沒落的佛塔中穿梭，發懷古之幽思。要是看到當年的光輝，那是多麼宏偉雄壯的一個景色，但當今剩下的只是些殘垣中的悲哀。

十二世紀時忽必烈的大軍侵入，也令到 Bagan 皇朝滅亡，但元軍沒有對古蹟破壞，古廟 Ananda 尚峙立，裏面有四尊鉅大的佛像，全部由金箔舖成，每座有九米高，是一個必遊的景點。

在傍晚我們回到船上，看日落。

仔細看我們這幾天要乘的 Road to Mandalay 船，是一艘德國建造的內陸遊艇，老遠地從歐洲拖到此地，有 1916 噸排水量。分四層，頂上甲板有小游泳池和酒吧，第二層是餐廳和娛樂室圖書館，三四層為客房和水療及健身院。

一共有五十幾間房，二〇〇九年八月經一年重修才再接客，我們住的是豪華房，每間有十五尺乘十六尺之大，全部房只有花灑無浴缸。一天收拾房間兩次，乾淨舒服。

晚餐分東西二式，每種有四五款可以選擇，你要是大胃王，全部點也行，只要你吃得下就是。西餐的水準很高，東方食物中有中泰寮影響的緬甸菜。以下數日，只聽團友們讚，沒有一餐是不滿意的。

日落之前，看婦人和兒童在河裏沐浴。大概是洗慣了，少女的紗籠圍得緊，重要部份絕不暴露。洗着長髮的情景特別好看，尤其是在黃昏。

兒童們嬉水，下船時，只向我們要糖果，一直叫：「Candy，Candy！」並不討錢，有些在摸着頭髮，起初不知道他們要些甚麼，後來才弄懂在討洗頭水，可能是從前的遊客給過船上用的 Bvlgari，覺得不錯。

船上的小冊子也説過，雖然鼓勵説英文是好事，但不想村童依賴施捨，叫我們不要給。

「但是河上那黃泥水，怎麼靠它生活？」團友問。

我笑着：「不乾不淨，吃了沒病。」

想起八九十年前，Kipling、Maugham 和 Orwell 等作家來過時，整條河是清澈的，不禁搖頭。

未來到之前，以為是湄公河的支流，原來這河叫 Irrawaddy，貫穿緬甸南北。

整艘船本來可乘一百零八位，經裝修後只接八十二名，卻有八十個工作人員，差不多是一個服侍一人。大家的態度是不卑不亢，我最喜歡。

船上有電話，可通過衛星接連各國。很貴，四塊半美金一分鐘，在手提電話不能漫遊時，還是得照付。

另一個通訊方法是買一張當地的電話卡，不過在船上訊號時斷，團友們紛紛買了幾張卡，也派不上用場。這也好，像走入寺廟修禪，大家清靜一下吧。

太陽把河染得金黃，只能在這四望無際的原野中見到。入夜，星星也特別多，對我們這群城市人，是難得的奇景。連看到星星也覺得是奢侈，真是可憐。

前一晚填寫好表格的話，翌日從清晨六點鐘開始，侍者便把你要吃的早餐送到房間來，但多數人還是比這個時間更早起身，在五點四十四分到甲板去看日出。

自助早餐包括西洋的一切典型食物：羊角包、果仁包、風乾肉、火腿、芝士等等，雞蛋用另一張餐單點，加上一道本地魚湯，淋在粉麵上。水果的選擇是豐富的，一見吃完即添，各種茶或咖啡，沒有一個人說不飽。

七點鐘就有一個晨早活動，看另外一間寺廟後到我們最有興趣的菜市場逛逛。眾人買了一些罕見的水果，女士們看當地服裝，我則到古董舖去，買了幾個漆做的畫筒，以後贈字送畫，往筒一裝，怎麼難看也好，至少畫筒是珍貴的。

九點半整折回船上，Road to Mandalay 這時才正式揚帆，內陸河，一點風浪也沒有，平靜地出發，和噴射機作一個強烈的對比。

曬太陽的曬太陽，游水的游水，團友們在遊戲間找到一副台灣麻將，最為喜悅。

中飯時，馬來西亞籍大廚為我們準備了福建炒麵和炒粿條，西餐沒有人去碰。這也好，洋人都擠到甲板進食，我們躲在冷氣間，互不干擾。

沿岸兩邊的風景一直有變化，經過幾條村莊，建着各有特色的茅屋，易拆易搭，河水一漲即搬到高地去。

下午有兩場講座，前面是由專人教我們穿紗籠，這一課非上不可，我每一次都綁鬆了鬧出笑話。

原來這一塊叫 Longyi 的布是縫起來的，像一個大圓圈。左一摺，右一摺，然後把兩個角纏兩轉，抓着一頭塞進裙內，那麼一來，就很牢固了。

示範是容易，自己包呢？我試了一下，叫團友拉拉看。咦，果然怎拉都拉不下。這可好，今後出席雞尾酒會，穿紗籠去也。

另一課是用英語講解緬甸的人文。講者表現嚴肅，不大笑，但話題輕鬆，一點也不悶：「緬甸人只有名字，沒有姓氏。」

咦？那不混淆？

「而且我們叫甚麼，是根據緬甸字母，一共有三十三個，依次序命名，從星期一的字母叫起。我們在學校裏，老師認人也有困難，像阿溫，就叫阿溫一或阿溫二。有時是看人而定，像肥溫或瘦溫，一點問題也沒有。」

「那麼護照上怎麼填？」

「有時有兩個名，一個是父親的，另一個是自己的。但相同的也多，只有另外註明特徵，像這個人臉上有痣，或者雙腿很粗，走起路來有點八字腳等等。」

「女人長得美也算是特徵？」

他笑笑：「這一種形容是說不通的，你們也有眼中出西施這句話呀。」

相當有趣。

「緬甸人口六千萬，八成是佛教徒，男人一生之中出家兩次，一次在成年之前，一次成年之後，出家時忍受不住，隨時可以回去，從不勉強。」

「女人呢？」

「可意願當尼姑，也不是強迫性的，佛教在公元前五百年從印度傳來，相信人的一生是要經過痛苦，解脱的方法只有饒恕，不可有憤怒和復仇之心。我們更相信有輪迴這件事，為了我們的重生，也需要把這世人做好，而最容易的，就是布施了。」

怪不得有那麼多人一大早就往廟裏送食物，團友問：「你們最大的樂趣是甚麼？」

講者微笑：「到寺廟去靜坐、沉思。」

這不是我們香港人能領悟到的吧？尤其是那幾個打麻將的人。

船停後十五分鐘，就有陸上活動。這是緬甸最後一個皇朝的所在地，皇宮有十二道城門，代表一年十二個月，另有四十八個防禦尖塔，代表四十八個星期。沒搞錯，緬甸曆只有四十八星期。

城牆有一英里那麼長，四周被又闊又深護城壕包圍，大門從前鋪滿金箔和蠔殼，有無比的光輝。

從舊照片，看到一大隊英軍站崗，這是一八八五年的事，皇宮比日本東京的那個還大。

英國人老早就窺視這塊又產翡翠又產紅寶石的土地。更重要的，是那取之不盡的柚木，可以鋪滿整個歐洲的鐵軌枕木，大家聽過東印度公司，少知還有一家專搬走緬甸財富的，叫 Irrawaddy Flotilla Company，簡稱 IFC，雄霸着這塊寶地。

IFC 在一九三〇年已有六百零二艘大小輪船在河上航行，年載九百萬客人，是世界最大的內陸河輪船公司，挖盡緬甸的大米、棉花和石油。

聽說國王 Mindon 和法國結交，英國人乾脆強行佔領，把皇族放逐到印度去，任其自生自毀，當年的皇宮，也變成了兵營。

當今的皇宮也是兵營，長駐緬甸軍同政府，防禦森嚴，不容易攻得進去，據說政府的首都由仰光遷到另一軍事重地，自以為安全得不得了。舊皇宮內的柚木巨宅，是皇帝的私人廟宇，好在保留了下來，將一柱一木都依照原貌搬到新址，也是值得一遊的地方。

看到那黑漆漆木頭之中，一部份尚留着金箔，當年稱為黃金廟，不是虛有其名。

另一座 Mahamuni 廟的黃金奇蹟性地保存下來，裏面有座十二點七呎高的佛像，至今朝聖的人還會不斷地往佛貼金，普通遊客擠也擠不進去。

船在碼頭再停一日，讓我們四處遊玩，一大早就有一個布施散步。團友一聽到布施，紛紛找換一大疊新的一元美金，豈知一到岸邊的寺廟，群僧出巡時，才發現他們是不接受錢財的。

布施些甚麼？食物和水果。

一大盤蘋果或橙，也只是兩塊美金，買了一個個分贈在僧侶的化緣銅缽中，一位位光着頭，赤着腳，由大至小的和尚排成一排，送個不亦樂乎。

小僧人是臨時出家的，個個可愛，皺着眉頭有點老大不願意，想起台灣的黃石元大師，送了我一個小和尚的臉上表情。

回程去船上吃早餐，大廚準備了牛肉丸湯和蝦麵及叻沙，太感激了。

上午又到別的景點，有一座未完成的佛塔，本來要建到五百呎高，是奉獻給Bodawpaya 國王的，他死後，子孫認為工程浩大，勞民傷財，才停止。

完成的是一個 Mingun 鐘，直徑十六點三尺，重九百噸，是世上最大的，至今還不怕弄破，讓遊客用木棍敲之。

返船吃午餐，又有大量的中國菜和南洋水果。飯後到一座尼姑庵，緬甸的身穿粉紅和紫色的袍，女人沒有義務性地出家二次，隨意好了。又可吃葷，見簡陋的廚房中有魚。她們一星期只准受人布施二次，有甚麼就吃甚麼了，反正是佛家原有的思想。但是，佛教，對男女，還是不公平。

再去山上的 Sagaing，改乘小機車才爬得上去，由中國製柴油摩哆改裝，一路顛簸，震得五臟移位，好歹上了頂，仰觀河流和數不盡的金塔，是值得看的。Sagaing 的意思是「晨早的供奉」，所以一大早就有很多人排隊送食物。傳說的是，如果你布施了，你總會再次見到上山的人。

從廟走出來，遇一瘦小的老頭，苦哀着臉，原來是位畫家，拿着他的作品兜售，一幅三塊美元，兩幅五美元。

真是同人不同命。他的人，要是活在當今的大陸，也許成為猶太畫商吹捧的新派畫家，一張賣數萬美元也不出奇。

我也算是個畫畫的人，向老人要了兩幅，他細心地用油紙包住，再包上一層報紙才拿給我。眾團友也跟着我買，老人展開笑容，像一個頑皮的兒童，很可愛，向我們說：「You made me very happy today. My brothers and sisters.（你讓我今天很高興，我的兄弟姐妹們。）」

我上前擁抱了他一下，冥冥之中，我好像知道在此生中，按照當地傳說，會與他重逢。

最後一天的晚餐，食物豐富極了，本來在甲板進食的洋人，也下來一起在餐廳吃飯。

這群人，就是一味喜歡曬太陽，年輕的尚好，其他的穿起泳衣來，皮皺得像一個漏氣的膠皮公仔，簡直是視覺污染。並非懷有種族歧視，但我覺得應該訂一法律，禁止五十歲以上的洋女穿比基尼。

原來緬甸當地也出紅白餐酒，品質不去批評。還是來威士忌吧，一瓶瓶買下。發現有十二年的麥加倫，竟然是難得的櫻桃木桶儲藏過，比三十年的還要香甜。

一連數瓶灌下肚，喧嘩起來，中國人就是那種德性，熱鬧了不吵不可，在西方人多的地方，的確不雅。

同行的廖先生最有經驗了，他說每逢這種場合，必有方法應付。

怎麼應付？他買了一瓶，送到洋人桌上，道歉說這是我們的風俗，奉賠不敬之處。老外一喝酒，和我們一樣瘋了起來，連忙說：「不要緊，不要緊。我們吵起來比你們厲害！」

結賬時船上說是大廚和一群工作人員請喝，酒水不算錢，真是不好意思。

行李已由船公司安排好，一早送到機場。我們吃過早餐才走，臨行與工作人員道別，數日下來已稔熟，依依不捨。

還是乘所謂最安全的螺旋槳機從 Mandalay 折回首都仰光，還是在那間 The Governor's Residence 酒店下榻。中午吃了一頓中國餐，蝦餃燒賣叉燒包，久未嚐此味，飽得不能再飽。

待黃昏不太熱時再遊緬甸的象徵：瑞德貢大金塔 Shwe Dagon Pagoda。「瑞」是金的意思，「德貢」為緬甸古稱。至今已有二千五百年歷史，保存有佛祖八根頭髮，塔舖金，有三百二十六呎高，塔頂藏着數千顆翡翠和寶石，沒為洋人搶劫，是個奇蹟。好在是臨走時才看，不然之前參觀的寺廟都被比了下去。已經到了尾聲，問團友說：「值不值得來？」

大家點頭，此船走完了我們這程後就要進船塢再次裝修，等到八月才完成，同行的楊太太已經報名，再來一次。

回憶此趟旅行，印象最深刻的是在一個晚上，船上人說天氣許可的話，有一「Surprise on the River（河上驚喜）」。

那天下午忽然打風，天昏地暗，河上另一艘船被吹到岸上擱淺，也有另一番景色，以為再也沒甚麼驚奇了。

到了半夜，爬上甲板，見遠處一排漁火，徐徐向我們的船航來，是不是群舟來迎？

燈光越來越多，飄近我們的船時，才發現只是用根蠟燭，插在香蕉葉梗中，四周用玻璃膠紙罩住，火不熄滅。

是由船上的工作人員划船到老遠處放的，一放就是一千五百盞，初見像星星降落，飄過船時，往下一看，又似凡間萬家燈火。

這個情景，沒親自體驗不能感受到那種震撼！真是此行一大驚喜，一切，是值得的。

# 曼谷R&R

英文有R&R這句話，第一個R是休息REST；第二個R則是RECREATION，是消遣、恢復身心的治療。來自美國用語，打完了戰爭，上司讓大兵到東南亞各地去大吃大喝，我們就是懷着這種心情去曼谷的。

到泰國玩，最好飛泰航，要是頭等的話，簡直是一大樂趣。物有所值，走下飛機，閘口有專人迎接，坐高爾夫電動車直達海關，特別通道，不必排隊，連同行李，一下子運到旅館的專車之中。

我一向住文華東方酒店，這次依同行的孫先生推薦，在SUKHOTHAI下榻。想不到市中心也有那麼一家花園樓層式的豪華旅館，不錯不錯，周圍是商業大廈和使館，找小販攤子的話，得搭車。

放下行李後，就往唐人街跑，「銀都魚翅酒家」已光顧多年，主要的還是去吃烤乳豬，翅是不碰了。當晚，七個人，差不多把整個餐廳的菜都叫齊，有螃蟹粉絲煲、紅炆魚鰾、蒸鱸魚、肉臊草菇湯、七八種炒蔬菜、各種炒麵、撈麵、湯麵等等等等。不要緊，不要緊，吃不完打包，結果都打包到肚子裏面去了。

地址：483-5, YAOWARAT RD., BANGKOK

電話：+662-623-0183-7

第二天，經常來載孫先生的七人車兩輛來酒店迎接，一是車兩對夫婦去打高爾夫，一是和我們三人逛菜市場。由阿新和阿志兩兄弟經營，他們是當地潮州人。能操純熟的廣東話，要去哪裏先打電話或電郵和他們聯絡，不必麻煩友人，我試探他們的能力，問最好的榴槤檔那兩家小店在甚麼地方，也即刻能回答得出。

車資為三至四千銖一天，很合理。

電郵地址：TCSL888@hotmail.com

一早先到酒店附近的公園去散步，多年前第一次去曼谷時入住的 DUSIT THANI HOTEL 就在對面，那時覺得很高，當今一看，在大廈叢中，像個侏儒。最記得是酒店走廊養有一頭小象，到處走動，可愛到極點，後來有一次服務員罷工，沒人餵，餓死了。

公園中有大批人在打太極拳。我們是為了小食檔而前來的，叫了潮州糜的鹹菜煮鯊魚、菜脯蛋、炒芥蘭苗、五六種不同的魚飯、滷大腸、鵝肉、羊肉炒金不換，鹹魚、鹹蛋等等數之不清的菜，一碟又一碟上，配着潮州粥，要不了多少錢。

吃完又吃，接着去被稱為百萬富豪菜市場的 OR TOR KOR，名字發起音來像日本話的男人 OTOKO，很好記。在這裏，最高級的當地食材，包括蔬菜海鮮乾貨及水果，應有盡有。

當今是榴槤季節，泰國人嫌剝榴槤麻煩，乾脆用利刀劏開，取出果實，一公斤一公斤賣。依價錢，選喜歡的品種，最貴的一千銖一公斤，味道還好，但絕對比不上馬來西亞貓山王。而且，泰國人吃榴槤，喜歡有點硬的，像意大利人吃麵，不慣。

來這裏主要的是找熟食檔中的乾撈麵 Ba Mee Haeng，我對這種小吃有點着迷，一家又一家試，失望又失望，都已經沒有以前的味道了。

不放棄，終於來到住慣的文華東方，喝了一杯下午茶，在河畔看到一條船經過，隔了半小時，又見同一艘船，如此三四回，一樣的船看了又看，友人都不相信自己的眼睛，怎麼有這種怪事？

原來，河流入大海，剛遇潮漲，又把船沖了回來，小艇摩打加強，再衝江口，但又無奈地被潮水再次推回原位之故。

喝完茶，就到酒店附近的菜市場，這個只有本地人才會去的地方，有一檔賣麵人家，夫婦兩人死守，已有三四十年。在這裏，我叫了一碗 Ba Mee Haeng，啊，一切美好的回憶都重返，以潮州話問店東：「怎麼保持的？」

「其他攤子，都不用豬油了。」當頭一棒，怎麼沒有想到這麼簡單的答案。見有粿汁賣，即要了一碗，這種潮州小吃，除了府城和汕頭之外，已完全地消失了。

此行又與友人試了多家泰國餐廳，但都不值一提。最後一晚，還是去了 BAN CHIANG，這家全曼谷最地道的泰國菜，水準數十年保持一致，原汁原味，每一道菜都不讓本地舊客和外國老饕失望，價錢也便宜得令人發笑。

味覺這種東西很奇妙，吃過好的，知道有些泰國菜怎麼創新，都不夠好吃，來了曼谷，就不必浪費時間。也不肯去試大家推薦的意大利和法國菜，就算多好，也好不過到原產地去吃。

地址：14, SOI SRI-VENG, SURASAK RD SLLOM., BANGKOK

電話：+66-2-236-7045

到達機場，第一個閘口就是泰航，行李全交給地勤員工，順順利利，快快捷捷地走進候機室，裏面的泰國餐廳應有盡有，連 Ba Mee Heang 也供應。吃完，還有時間，免費做個全身按摩，若要趕，也可以捏捏腳，服務真是好得沒話説了。

小睡一下，抵達香港。

# 清邁之旅

從香港到泰國清邁，以前有直航，後來客少取消了；當今要去，得花上大半天時間在曼谷等待轉機，是相當麻煩的一件事。

但是，如果沒有去過的話，是一個非常值得一遊的地方。食物和曼谷及布吉不太一樣，清邁不靠海，吃的多是山珍和河裏頭的東西。因為和緬甸、寮國接近，受苗族影響極深，最大美味是炸豬皮和糯米飯。別小看這兩種食物，做得好起來，勝過鮑參翅肚。

因為還沒完全發展，也可以說泰國政府不讓它發展，地皮便宜，還有盡量揮霍的空間。像我們入住的「四季酒店」，就是圍繞着一大片農田而建築的，每間房不僅是套房，而且是一整間獨立的屋子，裏面當然設有廣闊的陽台、客廳、廚房、浴室、主人房、孩子房等等。還有工人房，有個長駐的女傭，是一家可以住上一年半載的別墅。

來往酒店大堂，可作五至十分鐘的散步，嫌煩就叫輛高爾夫球車。當然有游泳池、水療、瑜伽班、網球場、運動室、泰語班、種田實習、與水牛嬉耍、觀鳥等等活動。不想在大廳吃飯的話，可以跑進餐廳廚房進食，大廚當眾表演。平日亦有烹調課，亦能把整桌菜搬到你的別墅中去。想更浪漫，可在田邊燭光晚餐。

如果你真的想長期在這裏住下去的話，可以買一間別墅，廣告上說有最後一間出售，要 180 萬美金，三千多呎。在那種偏僻的地方當然不算便宜，但是你不在的時候，酒店可以代為管理和出租，任何時候你想回來一定有得住。我好幾年前去也是看到有最後一間的廣告，反正地那麼大，賣光了隨時可以蓋多一家。

從「四季」到市中心需四十分鐘的車程，覺得太遠的話，入住「文華東方」好了，只要十五分鐘就到達，結構也和「四季」一樣，套房都是獨立的建築，而「文華東方」的服務是出名的周到，永遠不會讓你失望。

儉省一點，市內有很多其他酒店，一定找到一間符合你的預算。如果你是一個鄧麗君迷，可以入住她去世時住的那家。

要我選最好的餐廳的話，我毫無疑問可以推薦各位到 BAAN SUAN 去，這是一家建在河流旁邊的餐廳，長桌由一大片老樹樹幹削出來，全鄉下風味，氣氛在純樸之中帶高傲，食物亦然。

如果你是去吃晚餐的話，我建議你早一點去，在那裏享受日落，喝一杯泰國產的「湄公牌」威士忌，依我的方法，溝椰青水當雞尾酒，好到讓你喝個不停。

要是就近，那麼去市內的「SUAN PAAK」好了，不知叫些甚麼？由我來建議：先要個頭盤，典型的有 Yam-Ma-Khoeu-Yao，那是把茄子燒了，剝皮，春成蓉，加辣，當醬來點豬肉碎、辣椒、蝦米、蛋、紅葱、青檸和炸豬皮。要是夠膽，試過他們的炸豬皮，一定吃上癮。

糯米飯是用一個竹籮盛上桌的，當地人用手捻成一團送進口。你如果學習的話，一定得到當地人歡心，很容易和清邁少女交朋友，她們在泰國是出名的漂亮。不但美，清邁少女極有家教，你和她說話，如果對方不回答的話，是她們沒有禮貌。

喝湯。你會發現冬蔭貢在這裏並不流行，他們喝的多數是清湯，受中國影響，有豬肉碎、香菇等，最多人叫的是苦瓜湯 Tun-Ma-Ra-Yat-Sai。

接着炒菜，有辣有不辣，任君選擇，Mu-Noeu-Nam-Tok 是烤了牛或豬之後切片，混入辣椒、薄荷葉和各種香料的菜，很刺激，古怪一點可叫筍 Sup-No-Mai，又炒又醃，做法極多。

最穩當的是泰國奄姆烈，用碎肉炒了再包蛋，要是用豬皮當餡的，叫 Khai-Chio-Song-Khroeung。

不想吃大餐的話，到市中最大的菜市場去好了，外圍賣的全是鮮花，走進中央才看到食物，做得非常精緻，把蛋殼敲一個小洞，讓蛋漿流出來，混上蝦米和肉碎再釀進去，蒸熟後賣，三個才十塊港幣。

蜂蛹的種類極多，有的是吃刺身，有的烤熟了。蜜蜂的、黃蜂的、巨蜂的，有手指般大，不知長出刺來沒有，通常我甚麼都試，這次免了，給大蜂嬰兒刺穿你的喉嚨，並不是好玩的一回事。

要是晚上睡不的話，夜市是由好幾條街組織起來，好像走不完似地，尤其是賣的東西都很相同。

還是去做做按摩吧，泰式古法的，到處都能見到，並非色情，要那玩意是可到浴室做人體的。古法按摩很正經，不會把清教徒遊客嚇怕。一般市內的按摩院，走進那一家，都有水準。一小時只要兩百銖，合港幣五十元。沒替你按摩之前，先給服務員兩百銖，服務包你叫好。小費，還是先給為妙，這是倪匡兄教的。

算好日期，在清邁的潑水節造訪吧！所有的人都聚合在市中心的那條河旁邊，互相戲水，可以把整個人玩瘋了，那種場面並不遜巴西的熱舞節，是人生必經的一種經驗。但任何時候去，在清邁都能呼吸到新鮮的空氣，政府不允許重工業，到處看不到工廠或煙囪。清邁，永遠是青天白雲。

# 最後的樂園

在東南亞，最後的樂園應該是清邁吧。

乘港龍可以直飛，兩個多鐘頭，抵達後即刻有陣清涼的感覺，清邁位置泰國北部高原，氣候乾爽。

這次是應着四月十三日的「宋干」去的，是泰國傳統的新年，也是這一天，舉行潑水節。

由機場出來，沿路上就可以看到一群群的小孩子拿着大桶小桶，遇到行人或汽車，便把水潑去。

坐在車上把玻璃窗關得緊緊的遊客，當然不必怕被水淋濕，但這是最沒有趣的玩法。

抵酒店，友人準備好全套武裝：一件寶藍顏色的粗布衣褲，這是他們人人都在新年穿的傳統衣服，另外還有一對樹膠拖鞋。隨即衝到清邁古城堡的遺蹟，市中心最熱鬧的沙場。中間一條河，群眾在這裏汲水大戰。

肩膀上一陣涼，是位少女把水澆在上面。

迎面來的是佛像大遊行。一年一度，和尚們把廟中佛像抬了出來，讓人民潑水，也作為佛的沐浴。

看到群眾很有禮貌地把水淋在佛像的肩膀上，並非大力潑去，才知道少女對我那麼尊敬。我學高僧用手指在水桶中沾了一沾，像塗香水一樣往她的耳根點去，她即刻報以微笑，雙手合十。

另外一邊的小子就沒那麼柔順，一桶水往我身上潑來，我用手擋住臉，搶了少女的水桶還擊，也淋了他一身。

沿河有很多攤小販，賣着大大小小的水桶，由港幣三塊到十塊，買了一個就和當地人幹了起來。

遊戲的規則是你潑我，我潑你，大家不得生氣，但是互相越潑越猛，有個小子被我連潑三桶，瞪大了眼睛朝我走過來，由口袋掏出一瓶土炮，我也不客氣地接了，連灌三四大口，說聲「客君客」，泰語的謝謝，小子展開大笑容，讚我好酒量。

佛像的行列無盡頭，喜歡佛像的人可大開眼界了，在這一天中可以看到全部最珍貴的，平時不知被藏在哪裏的佛像。

小孩子把武器都出齊了，由最原始的竹筒水槍到美國最新型的玩具槍，大射特射。有一家人把店中洗車底的大型噴射水槍也搬出，群眾都迴避，不跟他玩。潑得興奮，一個小女孩全身盡濕，冷得發抖，但還是不停地潑水，等到兩個坐摩托車的少女走過，往她們身上澆去，少女們電得好好的頭髮被淋得扁扁，當我同情她們時，友人說：「她們才高興呢，不然怎麼會駕車經過這裏？」

因為地方大，所以沒有想像中的那種人頭湧湧，大家擁擠在一塊的場面，但是一陣隔着一陣的水戰，連綿不絕，而且不斷有外來的兵團，他們包租了數輛貨車，車上載滿了大缸的水，乘你不意的時候襲擊。

車隊中也夾着賣叉燒包的小販和沿途路邊的各種地道食物攤子。奇怪的是，大家都不阻礙他們做生意，就是不向他們潑水，不然那些叉燒包不知道會變成甚麼樣子。

到了下午六點，告一段落，大眾散了回家沖涼洗個乾淨，再出來吃東西。

我們到郊外的一個餐廳，臨湖搭起的茅屋，一個個的小亭子像是浮在湖上，吃的是和曼谷完全不同的菜式，清邁食物飽受寮國和柬埔寨的影響，像墨西哥菜一樣，多數用餅和蔬菜點着各種醬汁入口。最受歡迎的是糯米飯，用小竹籃子裝着，帶特別的香味，客人用手把糯米飯搓成一團團的塞進嘴裏。一方面又配以豬皮。清邁的炸豬皮是出名的，炸得油都走光了，才是最香最脆最好吃的。香港的九龍城也賣這種炸豬皮，但是比起現炸的，味道差了十萬八千里。

第二天到山上的廟中朝拜，抽了一支籤，說我不停地有艷遇，不知準不準，但也說我是個文人，可應了。

再去陶瓷廠參觀。我最喜歡他們做的原始味道的陶器，土得再可愛也沒有了，每個才十幾瑰港幣。

一路上，只覺空氣的清新，問朋友，才知道清邁是不允許有煙工業的都市，只在手工藝和旅遊業上發展。泰國國王常來清邁避暑，許多退休後的大官也都住這裏，治安上是全國最好的。

至於愛滋病，清邁曾經是最旺盛的性都，謠言對她很不利。但去了清邁，才知道當地女子多數斯斯文文，當皮肉工作的不多，淫業女子來自清萊和北部其他各地，而且政府已大力撲滅，玩的地方漸少。不過有興趣的話，拿起黃頁，打個電話，還是有大量的外地女子由摩托車送來。

清邁女人多過男的，教養不錯。規矩上，如果有人向她們講話，她們一定要回答，才有禮貌。朋友說，最佳辦法是在節日中看到了某個女子，為她的鄉村做點好事，捐點款項，便可以向她父母提出婚事了。

愛上這個地方，朋友推薦在高爾夫球場和馬會前面有個公寓，一千呎左右賣八十萬，先付一成就可以買下，若付一百萬，則有馬會和高爾夫球場的會員證奉送。到時地價漲，會員證漲，是個保值的好投資。我對兩者都沒有興趣，但是公寓幽雅高尚，也就買了一棟。到時轉手再買一個大工作室刻刻佛像，也只有在清邁才能有這種條件。

歸途經曼谷，機場餐廳經理上來搭訕，問外國人為甚麼喜歡清邁。我用最簡單的答案：「我們住的城市都有污染，清邁沒有。」

# 泰國手標紅茶

我在泰國生活的那段日子中，雖然也帶了普洱去沖泡，但是在外不便，喝得最多的，還是泰國手標的本地紅茶，一喝上癮，喝個不停。

通常是向小販買的，泰國小販像螞蟻，每到一處，一歇下來，就有各種小販攤出現，小吃的種類無數，喝的就是咖啡攤，所謂咖啡攤，喝咖啡的人不多，主要是賣茶，而一種商品賣得好時，通常便會出現抄襲的，像可口可樂之後出現百事可樂，但是只有泰國手標紅茶，打遍天下無敵手，一帆風順地出售。

到底是甚麼茶？像錫蘭紅茶嗎？不，不，不，一點也不像。說上顏色，也的確紅，而且紅得厲害，味道不接近任何飲品，是獨一無二的。

好喝嗎？第一次喝，加重煉奶的話，還可以喝下，只是味道出奇地怪，要是不加糖的話，那麼有些人可能一喝都吐出來。

總之，個性強烈，只有喜歡或不喜歡，沒有中間路線，令人愛上，也是這種獨一無二的味道。

顏色紅得近乎不天然，包裝上的內容分析，都只強調零卡路里，零蛋白質，零飽和脂肪酸，零碳水化合物，甚麼都是零，但到底有甚麼原料，只有看不懂的泰文。那麼香，那裏來，那麼令人上癮？會不會含罌粟？管他甚麼物質，只要好喝就是，泰國人天天喝，也沒出毛病，我們偶爾飲之，又如何？

小販們通常推着一輛小木車，車上有個鋁質的大圓桶，頂上有幾個洞，裏面煲着滾水，用根鐵勺子，把滾水舀出沖進布包，布包中加茶葉，濃茶即沖出。很少人像我那麼清喝的，都是下了大量煉奶，不甜死你不必給錢。

有時，我還看到小販們把沖完的茶渣扔入大水桶中，水桶下面生火，煲完又煲，不濃也變濃，越濃越好喝，直到上癮。

有些人會停下來，在小販車旁邊慢慢喝，但大多數是拿了走，一面上路一面慢飲。用甚麼裝着呢？當然沒有當今星巴克那種包裝，通常是用一個裝煉奶的罐頭空罐，蓋子打開了，在蓋的中間鑽一個洞，把一條稻草穿過，打個結頂住，就是一個原始又完美的廢物循環容器。

後來慢慢進步，年輕小販更不會用稻草，就發明了一個塑膠的套，套住鐵罐，兩邊有耳朵，可以手提。更進步時，罐也塑膠，袋也塑膠，吸管也塑膠，整個海洋，都是塑膠了。

一喝上癮，想買回去當手信，或自己在家沖泡時，可買他們的罐裝，最早是一大鐵罐裝着，至少有五公斤重，後來慢慢改回罪魁禍首的塑膠，變成四百克裝，更有方形罐裝，裏面一包包網裝，泡起來方便。大鐵罐的好像永遠喝不完，改小後，裏面有根塑膠的匙子，一勺一次，份量恰好。

一開始，我就預言，那麼美味的飲品，一定會在東南亞以外的地方流行起來，當今有那勢頭，不只華人喜歡，連老外也上了癮，賣得通街都是。

香港後知後覺，要喝手標紅茶，只有去到九龍城的泰國店才能找到，而且不是每一家都有。看到台灣人的甚麼珍珠奶茶紅遍天下，泰國人也自設了手標紅茶專門店，現在你去到泰國的每一個大型的商場，都能找到一家分店。

商標是大大隻地寫着ChaTraMue，分別賣茶拿鐵，抹茶刨冰，玫瑰奶茶，更有各種軟雪糕。說到雪糕，手標紅茶雪糕奶味十足，又軟又滑。

手標紅茶始於一九二〇年，由一個華僑始創，到了一九四五年，這家人發揚光大，在曼谷的唐人街正式建立公司，剛開始時不是獨沽一味賣泰茶，也由中國進口烏龍、綠茶和鐵觀音等等茶葉，但天氣熱的泰國不適宜只喝中國茶葉，便開始在清萊種植賣這些有茶味，並可以加糖加奶加冰的獨特紅茶了。

我們自己沖泡時，用甚麼煉奶好呢？當然是用原汁原味「烏鶖牌 U CHIOU」煉奶了。

在二〇一七年二月，這家人開始推「玫瑰花茶」、「荔枝玫瑰花茶」和「蜂蜜玫瑰花茶」，加了大量的冰，用最多的糖泡製，裝入塑膠杯中，杯耳上面印有「Happy Valentine's Day」字眼，超級浪漫。

現在都會幾句泰語，到了那邊叫起來較為方便：一，Chaa Nom Yen 茶濃煙，就是泰文冰奶茶的意思，把字拆開，Chaa 當然是茶的意思，Nom 就是牛奶了，而 Yen 就是冰了。

如果想在香港購買，可到「昌泰食品」。

地址：九龍城啟德道25號

電話：+852-2382-1981

# 東方東方快車

受好友廖先生夫婦邀請，我又去了一趟星馬泰。

這回乘的是火車，早年旅行家們形容冗長的航海為「開往中國的慢艇 Slow Boat To China」，比較當今高鐵的速度，可以說是「開往東方的慢車」了，一共坐了三天三夜，從曼谷到新加坡。

當然是在豪華的「Eastern & Oriental Express」，我們都受克麗絲蒂的偵探小說影響，一說到東方快車，滿腦子都是掛滿水晶燈的餐卡，穿着晚禮服的風流人物，隨着浪漫古典音樂傳來。

東方快車當然已失去昔日的光彩，但在今天來說已算是一程非常舒適和難得的行程，沒經歷過的旅者都可一試。

這已是我第二次乘坐，最先陪伴着查先生夫婦，從反方向的新加坡到曼谷，那已是一九九三年的事。剛好友人送了我一瓶同年入樽的 Glenfarclas 威士忌，一路慢慢喝，些梨木桶的濃厚香味，比火車供應的免費雞尾酒好得多。

有甚麼不同呢？已找不到當年穿着馬來傳統服裝的少女，代之的是服務周到的泰國火車少爺，火車照樣緩慢開動，因為車軌一直以來都沒有更換，相當窄小，所以晃動起來劇烈，開動和停止時也發出碰接的巨響，也是非常惱人。

停下來時，我們特別請火車安排了一個燒菜的課程，教的有兩道菜：冬蔭貢和辣肉碎，下車後先由導遊帶我們到當地的泰市場走一圈。

我最喜歡吃的是肉碎撈麵 Ba Mee Haeng，找到一家最傳統的，連吞三碗，又汽水又炸豬皮又甜品，加司機和導遊大吃特吃，也不過港幣兩百。

吃完到岸邊上船，是艘駁拖艇，平底的，航行時穩如平地，由當地名廚教導，怎麼用椰漿、蝦湯、南薑、香茅、咖喱葉、草菰、魚露、芫荽和辣椒粉煮成一鍋湯來，冬蔭貢的貢字，是蝦的意思，一看大廚用的是海蝦，已知不對。

海蝦的膏比不上河蝦多，煮出來的湯沒有那種誘人的又黃又紅的顏色，雖然用辣椒油來取色，也不夠紅，而且很多大廚永遠搞不懂的是，椰漿一滾，椰油的異味就跑出來，我再三指出，但都被他們敷衍了事，唉，算了！

繼續上路，第二個可以停下來的是看馬來西亞的橡膠樹，當今這一種工業已沒落，但看女士們怎麼割取乳白膠液，對遊客們來說還是有趣的。

車上的時間，可做足底按摩，還有相命師解答疑難，餐車有兩卡，一輛高級，一輛平民化，可以輪流來吃，這是高鐵做不到的。

食物更不是高鐵比得上，基本上是西餐，但有時也供應叻沙之類的當地食物，早餐更是送上房來，雞蛋要怎麼做都完美。廖太太是位牛油狂，我本來不太喜歡麵包的，也受她影響，一大塊一大塊牛油，撒上鹽，主食還沒上前已吃個半飽。

車廂一樣，這次入住的房間和上一回一樣，是一輛卡車只有兩間的總統套房，名字好聽，但也不寬敞，浴室只有花灑，車子停下來時沖涼較穩，車上遇到幾位肥胖外籍人士，如果能擠得進去，不怕搖晃了。

火車從曼谷中央車站出發，客人們都早到了，沒事做呆在休息站中乾等，可以建議大家勇敢一點，走到一般火車的大堂，就可以買到大量的腰果開心果魷魚乾等零食，一大堆捧到車廂，可以解悶。

火車慢慢開出，輕空輕空作響，左左右右搖動，吃了晚餐特別容易入睡，發現不動了，原來是火車停了下來，讓客人安眠。

又發出巨響，已聞到早餐香味，過了不久，我們第一個站，就是桂河橋站，這裏對英國兵來說不是很光彩的史蹟，當今當然一點戰爭痕跡都沒有，代之的是一個避暑勝地，十二月初，涼風陣陣，根本不像身置南洋。

這次才知「桂河」的桂字，原來在泰語中是河的意思，照土語來唸，變成了「河河」。

最後一輛，是開放的車廂，可以吸煙和吹風，日落、日出沒甚麼看頭，不像在郵輪上那麼過癮。

酒吧有位上了年紀的歌手，有時打扮成 Elton John 花花綠綠，用鋼琴彈出各種樂曲，看甚麼人彈甚麼歌。

原有的東方快車，尤其是冬天時雪茫茫，一路有城堡、酒莊的風景，但這輛東方東方，最初看到橡膠樹時大家還會拿起手機拍風景，經過河流，小孩子跳下嬉水，都是遊客的對象，但是連續幾天還是那些東西，大家還是躲進酒吧去了。

終於，到了新加坡，火車站這塊地屬於馬來西亞的，沒甚麼發展，和數十年前一樣。前來迎接的車子已停好，廖先生廖太太迫不及待地跳上，趕着到「發記」去吃蒸鯧魚，還有他們念念不忘的甜品，那是用豬肉蒸芋泥的失傳潮州名餚。

大吃特吃，在新加坡停了兩天，拜祭父母，到第三天，又飛回吉隆坡，在那裏，我要為二〇二〇年的書法展看場地和做準備了。

# 吳哥窟之旅

私人飛機從峴港直飛暹粒（SIAM REAP），不到一小時，是一個最靠近吳哥窟的城市。為甚麼在柬埔寨出現一個暹羅的名字？原來是打敗了泰國，把暹羅殺掉的意思。

從前都要從曼谷或永珍轉機，很麻煩，當今遊覽吳哥窟的人都直飛此地了。已經四次遊吳哥，第一回流浪，第二次由查先生請客，第三回帶旅行團到，沒有甚麼新鮮感，但入住的 AMASARA 酒店則為首次。

一下機即看到兩輛賓士古董車來迎接，氣派非凡，酒店很隱蔽，被四周的圍牆包住，無微不至的服務人員前來相迎，因為只有十多個房間，上幾趟都訂不到。這是一座由剛去世的施漢諾親王別墅改造的建築，在五六十年代看來非常之新派，浴缸擺在房中間，當今已紛紛被抄襲，但是氣派仍存，在 AMAN 這塊名牌酒店的管理之下，是一般的美國式五星級酒店模仿不到的。

吳哥的行程也由酒店安排好，甚麼語言的導遊都有，我們分了兩部車，一個英語一個粵語的，水準甚高。帶去的途徑和一般旅客逆着走。翌日一早五點多出發，之前吃一頓豐富的早餐，有西式有柬埔寨式，然後摸黑去，這時天氣很涼，不出汗。甚麼地點日出最美的，導遊清清楚楚，不必和人群擠，我們優哉游哉走遍了吳哥窟幾個最值得去的景點。

如果你對吳哥窟一點印象都沒有的話，來之前最好讀元朝使節周達觀寫的《真臘風土記》這本書，他感嘆皇宮的宏偉，寺廟的金碧輝煌之餘，還記錄了當地民生，說「地苦炎熱，每日非數次洗澡則不可過，每家須有一池，否則兩三家合一池，不分男女，皆裸形入浴，會聚於河者動以千數，雖府第婦女亦預焉，略不以為恥……」

看古蹟的城濠，當今還在，想像當年大家在這裏出浴，亦甚有趣味，從石牆上的塑像，可見婦女們的身材都是娟好的。城內有很多巨塔和石階，上幾次來都有人爬上去，後來出了事，跌死了幾個遊客後，當今已禁止了。

壁上還有些中國遊客用尖物鑿下自己的名字，友人用手機拍了下來，發出微博，並題了「千古罪人」四個字。大陸粉絲看到，說不定寫簡體字。

我對皇宮的興趣並不大，喜歡的是其他的寺廟中的古木，只有在熱帶地方才能長出那麼高大，那麼粗壯的樹。這回重遊，像是見到老朋友，在一棵棵的樹下拍了照片留念，當我走後，它們繼續生長。那天在網上驚聞鏞記的甘健成兄去世的消息，就把其中一棵命名為「甘樹」來紀念這位老友。

不知道這些樹的名字，有人說是菩提，有人說是吉貝棉，也有人叫為空瀾樹。生命力頑強，種子落於牆邊或縫隙便四處伸展，我愛看的倒是那些聳立的，不喜歡把石像糾纏，像蛇的那種。

進入吳哥城南門之後，到處見到神像。最值得看的是「巴揚寺」，裏面的石像頭大得不得了，都是根據闍耶跋摩七世的樣子雕出來的，特徵是每個像頭都在微笑，在吳哥窟之行，留下最深刻的印象。

十月本是雨季，從前當地人都勸大家別來，因為一下雨，地上泥濘就會令行人狼狽不堪。當今路已清理好，雨也好像被世界上的天氣異變，搞得沒那麼厲害，在雨季遊吳哥天氣較為清涼，舒服得多。也因為是酒店服務良好吧？上下車司機必遞上冰凍的毛巾，放在頸後，熱氣一掃而空。

酒店的飲食經理是一位從香港來的小姐，人長得漂亮，我向她說：「如果沒有介紹一個好吃的地方，寫文章時就不提你長得好看了。」

果然，沒有推薦錯，她帶我們來到一個住家式的庭院，叫 SUGAR PALM，主人是一個紐西蘭人，娶了當地的主婦，開設這麼一家又可以住客、又可以飲食的場所，也因為英國大廚 GORDON RAMSY 在這裏向女主人學過廚藝，名聲大噪起來。

最典型的柬埔寨菜湯叫 SAMLA KAKO，用香茅、酸子、南薑和大樹菠蘿的青果實，加香茅、芫荽、小茄子、魚露等來熬的清湯，當然也下了一些蔗糖，喝起來很香甜，帶一點點的酸，很刺激胃口。

用這些配料，加蝦、雞肉、牛肉，就起了各種的變化。

蔬菜方面多是灼一灼熟，和其他生吃的加在一起，用盤裝住，旁邊放一碗醬料，沾着吃，發現他們也很愛吃苦瓜和筍，還有南洋人常用的香蕉花，倒是香港罕見的。

另外的菜多得不得了，一定吃不完，在又是客廳又是廚房的浮腳樓中進食過後，便可以爬上樓到臥房去躲進蚊帳睡個午覺，這裏也可以待客，住上一兩天沒有問題。

聯絡方式：電郵：thesugapalm@hotmail.com

折回酒店，做一個按摩，相當有水準，晚餐豐富得很，在柬埔寨這四天三夜很快地就過去，快活快活，就是活得快嘛。

靜下來，想想在柬埔寨遇到的人，酒店人員當然親切，常帶微笑，但這在當地人的臉上就難於看到了。大屠殺的當年，把人口的一半消毀掉，人民的怒氣似乎還是存在，美國人和赤柬埋的地雷還有幾千萬個沒有清理，對外國人的印象也好不到哪裏去。柬埔寨還是一個好戰的民族，從他們南征北討的歷史上可以看到跡象。我們這些遊客，像是應該來還債的，三天的觀光收四十塊美金一人，只是一個小數目。不像鄰國的緬甸，苦難一樣，但人民面孔慈祥，到底，信奉佛教是有不同的吧。作為世界著名的古蹟，不來又不甘心，但來到後，總有憂鬱的感覺，相信，這是最後一次吧。

# 河內之旅

造訪一個從來沒有到過的地方，總有點衝動，這回是越南首都河內。

西貢（胡志明市）一連去了好幾趟：一次探路，一次拍攝電視節目，兩次帶團，一回陪查先生和倪匡兄一遊，已經可以認出每條街來。對河內一點也不熟悉，事前也不作資料收集了，反正有「國泰旅遊」的老總梁皚亭作伴，她已安排好當地導遊了。

梁皚亭上次提過，她人瘦小，胃口極大，多少餐都能裝得進去，故為她取了一個「九肚魚」的花名。這回約了友人及攝影師，一行四人。反正每一餐都幾乎把菜單上所有的佳餚都叫齊，人愈多愈好。

飛河內的直航機只有越南航空，與港龍連合，但check in櫃台和候機室照用國泰的。

到西貢要兩個小時，河內反而離香港近，只要一個半鐘就抵達。

機場很新，規模不大。西貢的機場離開市中心只有十英里，河內的車程要三十分鐘。一路上，也看到和西貢一樣欣欣向榮。中國的人工已貴，大家一窩蜂跑到越南建廠，路旁的耕地當然變成了住宅區。

佔地最優勢的有兩家酒店，Hilton 和 Sofitel，後者是法國集團經營，一聽有點怕怕，但是這一家原名 Metropole Hanoi，是由百年酒店改裝，氣派萬千，被譽為人生必住的亞洲酒店之一。

分舊翼 Metropole Wing 和新翼 Opera Wing。一共有 363 間房，每一間都裝修得極有品味，帶殖民地氣氛，住得非常舒服，絕對沒有那種新派的旅館的不安感。

從一九〇一年創建以來，入住的名人無數，毛姆在房內寫了《Gentlemen in the Parlour》、卓別林和寶琳高達在這裏度蜜月、法國總統、中國江澤民皆為房客。近來的明星有米高堅、羅拔狄尼路和發明金手袋的 Jane Birkin，我們幾人算不了甚麼，但好像也躋身其內。

比起西貢，河內這個越南古都較為寧靜，摩哆車也沒那麼多。路窄，但兩旁大樹更為粗壯，行人步伐悠閒。河內像北京，西貢像上海。也許說錯，河內市內有個湖，該說像杭州才對。

風景我們是不看了，吃最要緊。在找餐廳的過程之中，一定會經過許多名勝區，到時停下來拍拍照，算是對「到此一遊」這句話有個交代。

其實，從食物了解一個國家的人生，比任何景點更為透徹。

到越南當然先去吃越南河，香港人已經開始對這一道小吃發生興趣，越南河粉的專門店一家開了又一家，最地道的越南河又如何？非試不可。

好在，我去西貢時已經有經驗，作好心理準備：在共黨政權之下，起初民不聊生，所有食物只是吃飽了就算，談不上廚藝。當今改革開放，但河粉也好不到那裏，比起越南人流亡到其他進步國家所做的，還是有一段距離。愛吃世界各地越南河的人，都有同感。

試了一家當地人喻為最好的，牛肉只有生的和熟的兩種選擇，沒有甚麼牛肚、牛丸、牛筋和肥牛膏之類的配料。這家人早上六點開到十點，下午六點開到晚上十點，應改名為「六．十」。

第一口喝湯，還可以，至少夠濃。粉也滑，肉軟熟，但最後的一句評語，和試過所有的牛肉河一樣，是：「沒有墨爾本的『勇記』那麼好吃。」

這也難怪，「勇記」的河粉的確標青，別問我是個甚麼好吃法？總之是試，是比較，你將法國、加拿大、美國和香港等地的牛肉河全部試過之後，就會同意我的看法。

當地導遊又帶我們去他認為第一最好的河粉店，叫 Pho Bo Dac Biet。很遠，去到河邊一間亞答樹葉蓋的小屋中，滿地拋了用過的廁紙與面紙。等了很久，河粉終於上桌。一試，簡直不入流，還差過連鎖店 Pho24，不去也罷。

還是到那間從南到北，甚麼小食都有的店，叫 Quan An Ngon 的，一定不會出錯。這家人在西貢也開，試過後發現非常有水準。

坐在花園樹下，先來一杯由人參果榨出的果汁解渴。人參果橢圓，比鵝蛋還大，生長在東南亞，香港也可以找到，就是沒有越南的那麼巨型。

不夠喉，再來一杯三色冰，這是越南最典型的飲品，分黃綠白三層，由各種果漿加冰組成。

帶着諸位小姐走了一圈，看到有甚麼可口的即點。第一道上桌的是炒粉絲，用紅蘿蔔、洋葱、木耳和雞蛋切絲炒成。沒有肉，是道素菜，但味道調得好，一下子吃光。

再下來是湯，用大沙蜆，加以薑和大量的金不換和香茅，以雞湯煮成。這三種食材配合得極佳，簡簡單單地做出，次回下廚，又有多一道新菜可以表演。將肉碎和香料炒後，包住雞蛋皮，大力壓成餅再切出的，不知叫甚麼名，還有海蜇皮，米粉團伴碟，沾着魚露吃。

又是一道湯，把田螺從殼中挖出，洗淨了熬番茄，西洋菜，又將生魚片切成薄片，在滾熱的湯中灼一灼上桌。

用蝦米、豬皮、花生、薄荷葉、炸小紅頭，香茅來拌的蓮藤，是蓮葉的粗莖，把外層硬皮剝掉，非但可以吃，還那麼可口。

當然還有各式春卷，河內的炸春卷個頭比西貢的大，不叫 Cha Gio，而稱之為 Mem。另有粉皮和粉紙包的，不炸的春卷，呈半透明，看到包在裏面的鮮蝦。

說到蝦，甘蔗蝦在香港也常見，但是河內吃到的，那管蔗不惜工本，很大很粗，不會像香港那麼削成四分之一。

還有其他記不得的，一共叫了三十樣菜，嚴格挑選之下，篩出二十道，剩下十道，份量剛夠兩個人吃。人多了試菜，就有那麼一個好處，要是只有一兩個，別說各吃一口，那麼多菜擺在你眼前，看了都怕。

吃得太飽，到湖邊散步。

河內的市中心有個湖，湖畔巨樹無數低垂，倒映在湖中，叫「還劍湖」。

據説上天賜神劍給大將軍李黎，幫助他把入侵的元軍驅逐出境。勝利之後李黎來到這個湖邊，有一隻神龜游出湖面，把神劍叼走，因此為名。

受過外國統治的民族都有這種神話，像韓國的龜船就是一個例子，但搞不清楚為甚麼都和大烏龜有關。

湖中有個小島，建了廟宇。當今湖畔的建築多是喝越南咖啡的地方，也有些出名的餐廳，像眾人都推薦的 Bobby Chinn 就是其中之一。

再飽也要去試，我們只得三天，每一餐都要吃三間，才能選其中之一，介紹書上寫着，「當地明星餐廳 Bobby Chinn 是值得給味蕾來一次洗禮的。」

哇，快去吧。走進一看，到處掛着紅色的簾幔，打了一個結，垂在桌旁，用料不見高貴，有點像電影佈景。

叫了多道菜，據説這裏的都是特別適合亞洲人胃口的，一試之下，才發現是特別適合不懂得吃的西方旅客胃口。

其中一道命名為「味道交響樂」的小食拼盤，不及泰國菜的拼盤那麼好味，燒烤出來的鵝肝，當然不是法國碧麗歌產，做法也不及匈牙利的。

走出來，旁邊有家雪糕專門店，看名字，叫Fanny。這是西貢那家的分行呀，在那邊試過知有水準，還是確實一下好。

叫了幾個全包宴，甚麼味道都有的，一共數十種冰淇淋，果然沒有走樣。

「讓客人任吃，要多少錢？」我問。

「我們這裏沒有這種服務。」店員說。

「打電話問你們的法國老闆，他認識我的。」我命令。

上次去拍特輯時請過他出鏡，高興得不得了，還送我一瓶八二年的紅酒。老闆回覆說我講甚麼都行，還打了個折。

走出雪糕店，旁邊有很多家人，都專門賣旅行袋，皆為名牌，一看就知是A貨。店員問：「要真的，還是假的？」

「A貨還有真假？」

「不全是A貨，像這個『北面』，在越南製造，從工廠拿出來偷賣，就是真的。其他名牌在越南沒有工廠，就是假的。」店員解釋。

越南手袋也不盡是假，他們手工纖細，設計家又浸過洋水，做出顏色大膽新穎的產品，自創出名牌來，像Ipa-Nima就很受世界女士們歡迎。河內店開在Hoan

Kiem District,17, Nha Tho。

從湖邊再走幾步，就可以到河內的舊城區三十六行古街去，那邊商店林立，比看水上木偶戲有趣得多。當今已發展成五十五條街了，每一條都有特色，專賣某種東西，像鏡子街、麻繩草蓆街、香煙洋酒街、餅乾雜貨街、中藥材街、門把鑰匙街、銅製品街、潔具街，少不了衣服、化妝品首飾街，還有一條最特別，專賣喪葬用品。

在這裏花上一個下午，不是問題。

但我們又得去吃，再到了一家騙洋人的餐廳，門面裝修得當然漂亮，又如何？人不休息，也得讓腸胃歇一歇，回酒店，在游泳池游幾圈。Metropole 的好處在於可以在池邊一面曬太陽，一面請一位女師傅來按腳。

晚上再衝刺，三家之中，只有一間海鮮店值得一提，魚蝦蟹全試過，味道全部正宗。放眼一看，周圍的都是當地客，沒有一個洋人。這家店除了海鮮，山瑞也做得好。所謂好，並不一定很複雜，只是把山瑞斬件後炸出來罷了，但炸得外脆肉質多汁，是不容易的。十幾二十道菜當然吃不完，但也不浪費，打包給司機帶回去讓他和老婆分享。

餘興未消，到酒店附近的一家食肆，叫 Club51，由一座法國豪宅改建。這種建築在河內保留得不少，多數用來開高級餐廳。

經過花園，走上平台，再登二樓。室內全部以四十年代的 Art Deco 裝修，真是幽雅。越南餐廳受法國人影響，最注重門面了，而且也把氣氛搞得不錯。至於食物呢？我們再也吃不下去了，只叫酒來喝。

雞尾酒中有一杯叫 Lemonglass Martini 的，有極濃厚的香茅，溝的不是酒而用無味的伏特加，才不會搶去風頭。

「要是這家人的東西好吃就發達了。」九肚魚說：「吃完散步回酒店，一定睡得甜美。」

「好，明天來試。」我決定。

笑談之中，把一管大雪茄抽完，回房休息。翌日一早，又試試酒店的自助早餐，看夠不夠豐富。有西餐，蛋是另外煎的。中式有粥品和點心。最妙的是又有越南粉，侍者像在餐廳中開了一個大牌檔，除了河粉還做粉卷，在蒸氣爐上鋪一層布，像做叉燒豬腸粉一樣，中間加肉碎，捲起來吃。

水果的種類也來得多，我專吃木瓜。這很重要，在東南亞地區總是吃得很辣，只有木瓜可以中和。

又去舊區，試了一家叫 Ly Quoc Sur 的牛肉河，水準很高。到市中心的 Cho Dong Xuan 市場遊蕩，那裏賣的只是雜物，沒有菜肉，水果攤要在市場的周圍才找得到，大吃榴槤。

中午這餐當地友人沒有介紹錯，我們到了一間吃魚的餐廳，獨沽一味，只賣鱠魚。

用一個炭爐上，下的是橄欖油，上面滾着一鍋魚片。另外一大碟青葱絲、芫荽、紅辣椒、韭黃，通通放入鍋和魚一起油爆，最後加入一碟米粉。就那麼簡單，吃得飽飽地，是河內之旅中最美味的一餐。

又在 Metropole 酒店的池邊曬太陽。

昨日忘記了帶書讀，乾曬有點悶，今天帶了一本 Christopher Isherwood 寫的《The Berlin Stories》，游完兩圈後就躺着看書。

一個金髮的女子在我面前走過，又走回來。一看，很細的腰，很長的腿。

「這本書我也看過。」她在我旁邊坐下來後說：「你去過柏林嗎？」

「到過。」我說：「不喜歡，但是我最愛海德堡，美得不得了，文化氣息重過牛津和劍橋，真想去那裏唸大學。」

「同意。」她說：「第一次來河內？」

我點頭：「你呢？」

「也是。法國人真浪漫，他們懂得把熱帶地方改造得像他們的家鄉，我們德國人像機器，沒有那種情懷，不過我們也沒有殖民地。」

「你們不殖民，只佔領。」我尖銳地指出。

好像有點傷了自尊，她靜了一會兒。

「但是任何國家都有好人，也有壞人。日本人也一樣，中國人也一樣。」我這麼說不是安慰她，只是講事實。我說：「我小時就看歌德的《少年維特的煩惱》，長大後也喜歡湯馬士曼的《死在威尼斯》。」

「好極了。」她說：「我也喜歡。」

「你們還有貝多芬、舒曼、曼德遜、布朗士和華克納呢。」

她笑得更燦爛。我接着說：「當然，還有希特拉。」

她又拉下面孔，轉一個話題，她問：「你幹甚麼的？來河內幹甚麼？」

「吃、吃、吃。」我說。

「我跟你去。」她依偎過來。這時，她的丈夫或者男朋友出現，一把將她拉走。

年輕男人，真要不得。和一個女人在一起，就以為這女人屬於他們的，一點無傷大雅的自由空間也不給，最後總成為敗筆。

繼續努力，再吃。

晚上又去了三家。皇天不負好心人，終於我們選中一間。

吃的是南瓜焗出來的大頭蝦，苦瓜釀肉丸湯，螃蟹炒粉絲。一隻蝦，一片肥豬肉夾着的不知名菜，蛤蜊肉取出後和肉碎混合炸過再塞入殼的料理、筍殼魚，炒南瓜苗等。精彩的有用生魚加魚露滷出來的菜，撒上大量香草，刺激得要命。

到昨晚喝酒的那家環境幽美的餐廳，就大失所望了，又是騙洋人的。

第三天，要出發回家了，我避過酒店的早餐，一個人走到對面的大排檔去亂叫一番，也有五六個菜。

接着又到舊城區，在一家最出名的賣甘蔗汁的攤口，叫 Nuoc Mia 的要了一杯。甘蔗鮮榨出來後加一粒青檸，不覺酸，只感到甜味更加複雜，的確喝得過。

一家叫 Nha Hang Mien Luon 是專賣炸血鱔再拿去煨湯的，也好，檔外有一大包一大包的血鱔乾賣，像我們的炸魚皮。

中午試了幾餐後找到一家炆山瑞又煮河鰻的店，還有其他數不盡的菜。

臨走之前，到 Nguyen Sinh 去買法國麵包當飛機餐。越南的鵝肝肉醬最出名了，夾麵包的配料有肉腸、魚腸、豬雜腸、豬頭肉腸、火腿、肝腸、肥肉腸等等，每樣都加幾片，最後淋上帶辣的魚露。

小姐們還到 Cafe Mai 去喝了一杯咖啡才肯走。

九肚魚已和我合作多次，知道怎麼安排行程。週五、六、日三天的假期，是一個吃得最好，住得最舒服的旅行。到過西貢的團友還有興趣的話，河內是可以一遊的；如果連西貢也不喜歡，那麼河內大可不必跟着來。我自己認為在香港週末也沒事做，多來幾次越南也不會厭的。

**一，正名**

西貢有一條河流過，是湄公河；河內也有一條，叫紅河。因為整個城市不靠海，被紅河包圍着，故稱為河內。

**二，附近**

距離最近的海岸下龍灣要兩個小時的車程。我們這次沒去下龍灣，有興趣一遊的人可以搭賭博郵輪前往。

**三，享受**

皇帝 Tu Duc（1848-1883）最會吃喝了，每一餐都要五十個御廚為他做菜，一人一道，共五十道。他喝的茶，只由宮女們在清早集中花上的露水來沏。蔡家的茶也是如此，皇帝是家父，宮女是我們這四個兒女。

**四，稻米**

其他地方的農田，一年一造米；越南土地肥沃，一年可以收割四次。但是長年來的戰爭，令到越南人要從外國輸入米來才夠吃。好在近年學中國由共產主義改革開放，農民可以自耕自給，成為世界第二大的產米國。

**五，地理**

越南面積三十三萬平方公里，和意大利一樣大。長形，像個S字。在冬天，河內的天氣會降到攝氏十五度左右，那時候來，記得多帶件外套。

**六，食物**

越南人甚麼都吃，食物只分好吃和不好吃，所以吃蟋蟀，也吃半孵出鴨來的蛋，狗肉也吃。

**七，宗教**

甚麼都信，佛教、道教、天主教、基督教、興都教，古代越南信萬物有靈論，混合而成了特色宗教——三教。耶穌和穆罕默德是他們的先知，先知之中也包括了文學家雨果，政治家邱吉爾和聖女貞德。

# 西貢行

胡志明市，一聽即刻浮現戰火的印象；但說到羅曼蒂克，還是西貢。長堤上，圓尖草帽之下飄着垂直的長髮，一身白色的絲綢旗袍，開着長衩，不見大腿，給黑色的香雲紗褲子包裹，一寸肌膚不見，但風吹來，衣服緊貼美少女的胴體，身材表露無遺，這就是西貢了。

為了追求一碗完美的牛肉河，我再度到訪西貢。牛肉河（Pho），唸為Fur-R，有點饒舌，喜歡吃這碗牛肉河的人，都會準確地發音。

天下老饕，沒有一個不愛吃越南牛肉河的，就算最挑剔的食家Anthony Bourdain，也為之着迷。喜歡牛肉河的人都會聚集一起，互相交換意見，大家比較吃過的，是哪一家最好，各自情有獨鍾，爭論得臉紅耳赤，喜愛的是在巴黎、在休斯頓、在墨爾本，而不是老家的越南。

既然如此，為甚麼要回到越南去找？在大家知道牛肉河是最美味、最健康的食物時，越南本土也靜默地興起熱潮，街頭巷尾全是牛肉河店，裝修得更乾淨、更豪華，材料用的更精美了，所以我必要重新去發掘。

從前的著名老店，像 Pasteur 路上的 Pho Hoa 和 Nguyen Trai 路上的 Pho Le 都有新門面，過去的連鎖店 Pho 24 和 Pho 2000，已被更新更大的連鎖店代替，會安的牛肉河也入侵西貢，更有其他大大小小的，我都一間又一間去試。

河粉的質素反而變成次要，最重要的是第一口喝下去的湯，我們都知道這是決定性的，共同點在於甜美之下，還要清澈，湯一混濁，極影響味覺。

每一家人都有他們所謂的「秘方」，但幾乎都忽略的是牛肉的份量並不足夠，尤其是在物資較為貧乏的首都河內，所有的牛肉河是比不上西貢的。

你只要向河內人一說，他們當然不同意，一爭拗起來，就得出手打架，我不能說哪一家最好，只是說哪一家我最喜歡，但是，都比不上墨爾本的「勇記」，這是我的結論，也是我的偏見，沒有辦法改變我這種主觀。

有一個現象倒是事實，沒有一個其他的地方的香草份量比得上越南，在那邊吃牛肉河，一上桌就是一大盤一大筲箕的芫荽、羅勒、薄荷葉、豆芽和辣椒，吃之不完，取之不盡，有如廣東話的「任食唔嬲」，就是你喜歡吃多少是多少，店家是不會介意的。

如果對各種牛肉河不熟悉，我建議一到西貢之後，先去市中心的「檳城市場」，那裏除了肉類魚類蔬菜之外，有無窮無盡的熟食檔，你一家家去吃，就已經明白當地的小食有多少種。另一個去處也在市中心，那是一家叫 Ngon 的，由一座富有人家的巨宅和花園改裝，從前是大屋內賣甜品和坐人，圍着花園有各個鄉下的小吃。當今已改變，擴張在屋內，以防下雨，熱帶地方，那一場豪雨，是驚人的。

如果想吃甜的，首選是 Fanny Ice Cream，在一座殖民地式的巨宅之內，一進門就看到各種水果做的冰淇淋，完全天然，不放添加劑。可先打電話查問，這家人有一段時間是可以「任食唔嬲」的，吃到你拉肚子為止。

店裏還有書架，儼如一間小型圖書館。法文看不懂的話咖啡桌有巨型畫冊，可以讓你看個不完，冷東西吃多了，來杯滴漏的越南咖啡，過一個懶洋洋的下午。

地址：29 - 31 Ton That Thiep St., Ben Nghe Ward, Dist. 1, Ho Chi Minh City

電話：+84-28-3821-1633

網址：http://www.fanny.com.vn/en/retail/south/

要是你想吃更地道一點的，那麼「意芳甜品 Y Phuong」的花樣最多，也吃得最過癮最豪邁，著名產品是一顆青椰子，把椰子水倒出來加大菜糕和椰漿，做好了又裝進椰子裏面，好吃得不得了。另外的三色冰、四色冰和馬來西亞式的紅豆冰，裏面甚麼都有，像是吃大餐多過吃甜品。店裏整天擠滿客人，生意做個不停，把旁邊的鋪子也買了下來當工場。

盡是吃甜的會膩，這家人在門口還擺了一個大攤檔，玻璃櫥窗中可以看到有木瓜絲、蝦米、金不換、雞蛋絲、臘腸片等等各種食材，像福建人的包薄餅一樣，代之的是糯米粉的粉片包裹。

地址：380, Nguyen Tri Phuang

電話：+84-9-3333-8128

網址：https://www.foody.vn/ho-chi-minh/che-thai-y-phuong

海鮮的話，我會推薦我最喜歡的「雙魚」，設計的標誌那兩條魚，是一個經典。裏面有關海鮮應有盡有，你不知道叫些甚麼也不要緊，店裏有本圖文並茂的食譜可選。嚇到你的是價錢，幾百萬甚至上千萬越南盾，算起我們慣用的貨幣，也不要幾個錢。

地址：70, Suong Nguyet Anh Street

電話：+84-28-3832-5017

網址：http://songngu.com/location/

裝修得古色古香的「會安 Hoi An」，室內傢俬全部是酸枝，食物又美味，桌上煮的牛肉河另有一番風味，加上越南樂隊伴奏，非常獨特，又帶有很重的妖氣，值得一聽。

地址：Rooftop, 12 Phan Ke Binh, Dakono Ward

電話：+84-8-3823-7694

酒店方面，還是 Park Hyatt 最好，記着訂三樓游泳池旁的房間，戶外可以抽煙。晚上走出去散步，到最古老的 Rex Hotel，天台上有隊樂隊和女歌手，演奏的音樂和歌曲，帶你回到六十年代。

# 峴港之旅

這次由澳門好友邀請，乘他的私人飛機，走一趟越南、柬埔寨和泰國。順着飛，每一個地方不出六十分鐘的距離，非常舒適，歸途由清萊返澳門，也只是兩小時。

機型是法國製造的飛鷹，可坐十個人，加上兩位機師和一個空姐。第一天發了個微博，好友曾希邦問空姐美嗎？我笑說只有一名，無選擇。其實，還是漂亮的。

第一站是峴港，英文名為 DANANG，這個字唸成「現代」的「現」。以前的西貢，當今的胡志明市和河內都去過。這個越南的第三大城市還是第一趟到，入住一個度假村，一座座的獨立屋，二層樓，有花園及小浴池及廚房，可惜沒時間煮食，環境算是不錯的了。

落腳後先去附近的會安，這個以產燕窩出名的小鎮，還是相當落後，沒有甚麼看頭。不見燕窩店，只有一家賣沉香的，一小串佛珠一千二百美金，珠粒小得可憐，不值得。我想燕窩也不會買到甚麼好的了，當年家母在世，早上喜吃一碗，由我長期供應，買呀買，買到成為專家。的確是會安產的最好，一両可發出八両來，不像泰國印尼的，一両只發五六両。會安的又帶香味，很值得買給老人家吃。在香港買的也比較有保證，文咸東街的「永安泰」購入可也。

到一家庭院式的餐廳吃中飯，這種經營方式當今很流行，佈置了小橋流水，擺一些真假古董，很當地化，外國遊客認為。

東西當然不過不失，價錢昂貴罷了。走了進去，就不能要求太高，很後悔聽了導遊的話，沒有自己做研究。

翌日，其他人打高爾夫球去，我們到峴港城市中找吃的，這次已經做了很詳細的資料搜集，走遍全鎮，居然發現了一家，試了前所未嘗的越南菜。

餐廳叫 COM NIEU，地方還算寬敞，有兩層樓，坐了下來，侍者聽懂幾句英文，我說你有甚麼拿手的，就拿來好了，不必問價錢。

不到一會兒，侍者捧出一盤東西，看到五六個像沙田柚般大的小陶缽，都是裝着生米和水，然後在火爐中烤出來的白米飯，香噴噴地。友人說，這時候來個紅燒肉就太好了。

果然，另外的陶缽中就有這道菜，用豬肉汁淋在飯上，其他佳餚不去吃也不要緊了。

「有飯焦更好！」

這麼説的時候，又捧來一個個的陶缽，侍者真人表演，把熱烘烘的陶缽拋在空中，另一隻手拿着一個鎚子，就那麼敲破，碎片落得滿地都是，露出的是一個大包，原來整個表面都是飯焦，要這麼焗出，飯焦才會更多。

把飯焦團打開，裏面的白飯雖較硬，也是非常之美味，侍者另配上一碗碗的熱湯，有雞的，有魚的，怕飯焦太硬的話，就浸在湯中，當成了飯焦泡飯，每人又各吃三大碗。

其他的有炒蔬菜，鹹魚炒的，還有炸魷魚、白切雞、糖醋牛肉等等，已經數不清，記得最清楚的，只有白飯和飯焦。

再隔一天，我們又去了，叫的菜更多，單單為了這一頓飯去峴港也值回票價，是喜愛越南菜的朋友不容錯過的一家餐廳。

地址：K254/2, HOANG DIEU ST., DA NANG

在同一條街上，相隔這家餐廳幾間，另有一間叫 MOI 的越南粉，和一般的牛肉河不同，加的是肉丸和一大塊豬骨扒。湯很清，很斯文。同店經營的茶館就在旁邊，也值得去喝那杯濃得可黏住茶匙的越南咖啡。

地址：158, NGUYEN TRI PHUONG, DA NANG

其他越南河粉也非試不可，這家叫 MI QUANG 的，地址是：1A, HAI PHONG, DA NANG 所做的粉就大有分別，一點也不斯文，很有野性，湯很少，很濃，整家店只賣牛肉和雞，以及兩種混合，叫為「特別」的，非常之地道，地方也不是一般愛乾淨的客人接受得了。

峴港的菜市場也可以逛逛，蔬菜水果肉類齊全，但不及胡志明市的檳城菜市那麼豐富。小食檔也多，如果有時間長住，就可以一檔檔去試，可惜我們這回只能打一轉算數。

在街邊的食檔和咖啡店，可以看到一個現象，那就是大家喜歡很矮的椅桌，而且像巴黎，都是朝着街坐的，也許是受到法國人的影響。

到了峴港，也不能不順道去古城順化 HUE，這個名字經常在越戰時出現，當年打得慘烈，整個峴港和順化差點被美國炸彈夷為平地，好在還留下了越南故宮，有小紫禁城之稱，規模當然比不上中國的，但也能看到舊時越南皇帝的豪華奢侈，城中建滿一間間的後宮，都是佳麗居住的。

廟宇和其他古建築，深受中國文化影響，但始終有點妖氣。法國人初到這裏，以為中國就是這樣的，留下許多畫，古怪得很。

順化出名的食物是順化粉，我們去了所謂最好的一家叫 CHINH HIEU 的，就在故宮附近，大家吃過都說沒甚麼了不起，還沒有墨爾本維多利亞城的「勇記」的湯好喝。

折回峴港，適逢中秋，月亮在外國也不是那麼好看。到一家中國餐廳去，東西一塌糊塗，自己決定的，不能怪當地人。拿出從香港帶去的月餅，加上一瓶 SPRINGBANK 蘇格蘭威士忌，雪利酒桶蘊藏二十四年，在六六年釀，九〇年入瓶，酒精度六十一點二巴仙，再加一瓶麥加倫二十五年的 ANNIVERSARY MALT，喝得不省人事，月亮越看越大了。

# 芽莊安縵

我們這次和幾位友人，去泰國清邁、越南河內和芽莊。前兩個地方我都去過好幾次，主要的還是想試試芽莊的安縵度假村，曬曬太陽。

十一月天，原來這些熱帶國家都清涼，日光浴已太冷，連房間外的游泳池也不想去浸了，浪費得很。

清邁的餐廳多已遊客化，沒有甚麼值得一提的，除了那家BAAN SUAN，是一位當地的名建築家經營，沿着河邊的泰式小屋，食物非常之精美，和在香港吃的泰國菜完全不同，值得推薦。

地址：25 Moo 3, opposite Siriwattana Cheshire Foundation, Ruen Cham Mai-Mae Jo Road, Sun Phee Suea Subdistrict, Mueang Chiang Mai District.

電話：+66-053-854-169

本來文華東方在近市區有家很好的酒店，出入方便，但可惜已經轉手，水準也沒有文華的風格，結果還是住回清邁四季，雖然遠了一點，已是最佳選擇了。

環境和服務是一流的，那裏的 SPA 有蘭納式的按摩，較一般的好得多。走廊和花園佈滿一個個的水盆，飄着鮮花織成的圖案，留下深刻印象。酒吧中有位年紀很大的酒保，把各種的傳統雞尾酒調得正宗，已是很不容易的事。問他有沒有湄公牌的泰國威士忌，他搖搖頭，說自己也想收藏舊貨，每次到曼谷都去尋找，失望而返。我想喝的「湄公河少女」雞尾酒，沒有了湄公牌，已成了絕響。不過他介紹另一款泰國冧酒給我，溝了椰青水之後也迷人，請我命名，我說叫為「清邁淑女（Ladies of Chiangmai）」好了，他點點頭收貨。

在清邁的菜市場中，看到最多的是炸豬皮，這簡直是清邁人的主食，捏了一團糯米，再咬幾口豬皮，就是一餐。各種各樣的豬皮，有的是炸兩次，走了油，抓在手上也不覺膩，爽脆香濃，好吃得不得了。炸物之中，還看到炸黃蜂，比普通蜜蜂大出幾倍來，這種會叮死人的毒蜂，想不到也可以吃。

在清邁收到消息，說超級颱風海燕吹正河內。好在是私人飛機，即刻改道到新加坡，想入住我最愛的 Fullerton 酒店，但正遇摩根史丹利在新加坡開大會，所有酒店都客滿了。打了電話給信和高層，特別安排了幾個房間，住得舒服。

當然去了潮州餐廳「發記」，友人吃過用肥豬肉煮的芋泥又甜又鹹，念念不忘，再去嘗試，味道還是那麼好。同一條廈門街上有家福建菜館叫「茗香」，從前的炒麵一流，這回又去，所有的食物都一塌糊塗，吃得一肚子氣，各位千萬別去上當。新加坡小販食物已是有虛名而無其味，連這家老店也一樣。

最後，臨上飛機，帶友人去加東的「Glory」，這是保存得原味的一家，大家吃過無不讚好，我說我小時吃的，都是這種味道。

順便在 Glory 的小食部買了各種糕點，魚餅蝦片也特別香濃，在飛機上邊喝五十年的 GLENURY ROYAL 單麥芽威士忌，一下子抵達越南芽莊。

這下子可折騰了，一個半小時的車程才能找到「安縵酒店」。馬路崎嶇，凹凹凸凸，常中幾個大洞，入黑之後更為驚險，如果是前來度蜜月的小夫婦，坐上本地的士，不嚇死才怪。我們經過了不丹的山路，覺得是小事一樁。

終於來到，望上去是一條木頭的長廊，利用透視的美學，簡單之中感到高貴，這都是安縵酒店的特色，每一間安縵都會給你的那種低調及安詳的印象。

辦理了入住手續之後，便由電動高爾夫車子載到各家別墅，都是依山而建，躲藏在叢林之中，又不破壞自然為原則。房間十分寬敞，廳、房、陽台、私家池、浴室，乾淨而舒適，杜絕一切的蛇蟲鼠蟻，可以寧靜又安心地睡一大覺。

翌日被江戶鳥鳴叫醒，拉開窗簾，發現除了柱子，幾乎沒有牆壁，讓陽光照進每一個角落。大池的水已燒暖，游個泳後便可以去吃早餐。

餐廳分兩個部份，冷氣的室內或露天的任選。法棍麵包上桌，一捏在手中發出爽脆的裂聲，表示是手藝極高的麵包手現烤出來的，牛油一吃即知是法國諾曼第味道，一切完美。

不喜西式的，有越南河、塞肉法棍等地道美食。吃完後便去「發現」酒店的各個角落，當然有極高級的 SPA 配套，這是安縵酒店必備的，旁邊一個無邊的大泳池。如果嫌不夠大，供燒烤及野餐的海邊食堂外，更有一個四十多米長的浴池。

整間酒店開在 Nui Chua 國家公園裏面，四十二公頃的山頭散落着三十六座獨立別墅，還有不為外人干擾的沙灘，如果喜歡這個環境，安縵也建一些別墅讓私人購買。

悶起來可以到附近的漁村散步，在那裏看到很特別的「圓船」。就是一個巨大的竹籮，外面塗上漆，不會進水，只是不懂得往哪個方向划罷了。

服務上還有些不完善的地方，到底，從開張到現在不過幾個月，有待一步步改善。在安縵集團的管理下，是絕對做得到的。

網址：http://www.amanresorts.com/amanoi/home.aspx

# 馬來西亞、新加坡、印尼

# 榴槤團

近年已甚少舉辦旅行團，這回去馬來西亞，目的鮮明，是吃榴槤，很有私心，自己也喜歡嘛。

多年前還沒有多少人懂得甚麼叫貓山王的品種時，我在二〇一〇年已大力推薦，當今已是一塊響噹噹的名牌，這次要介紹的是另一品種，叫「黑刺」。

五天四夜的行程，從香港直飛「黑刺」的產地檳城，當地的議員和媒體隆重歡迎，先到市內午餐，吃的是Perut Rumah Nyonya Cuisine的娘惹餐，我們的旅行團所有食物，都是香港沒有的，否則吸引不到人。

甚麼叫娘惹？是中國文化和馬來文化結合所產生，指女性的「娘惹」來自華語的「娘」，而指男性的「峇峇」，來自「爸」。食物主要還是中國味，有些帶辣，我最喜歡的是「烏打烏打（Otak-otak）」，用魚漿和香料混合，香蕉葉子包裹後燒烤出來的，很香很美味。另一種用蝶豆花天然染料做出來又甜又鹹的藍色糭子，也留下深刻印象。

餐廳用了很多搪瓷的食器來作擺設，其中有些搪瓷食格碗盞，是早年用來裝午餐的琺瑯器，英文叫 Tiffin Carrier，非常之精美，現在已成為古董了。

當天的菜單有：四喜臨門、小帽脆餅、五香滷肉卷、迷你娘惹糭、青芒果沙律、鹹菜鴨湯、娘惹香料炸雞、馬來盞炸雞雙拼、炒魷魚沙葛生菜包、椰漿咖喱雞、辣炒四大天王、香料封羊肉、阿參咖喱秋葵魷魚、香料魚蒸蛋烏打、阿參炒蝦、黃薑飯、煎蕊椰漿香芋等等。

店名：Perut Rumah Nyonya Cuisine

地址：No. 17, Jalan Bawasah, 10050 George Town, Penang, Malaysia

電話：+604-227-9917

吃完 check-in 酒店E & O，這是和香港半島同級數的最古老旅館，旅遊人士稱為偉大的貴婦。當今已建了新翼，房間數量增加了許多，但保持一貫的傳統和服務，是檳城最好最有風格的酒店，去到了莫錯過。

店名：E & O酒店

地址：10, Lebuh Farquhar, George Town, Penang, Malaysia

電話：+604-222-2000

休息後，團友乘三輪車遊覽世界文化遺產區：包括張弼士故居、娘惹糕點廠和相機博物館。

到了晚上，我們去了一家甚有規模的「貴賓樓 Elite House」（前名：「石灣閣海鮮酒家」），魚缸裏的都是「忘不了」河魚，至少有二三十尾。我用手機上了「一直播」網，本來想直播給大家看，但網絡不周全，沒有辦法直播，只有拍下片段放在微博上了。

我們一行二十人，要了兩大條野生「忘不了」魚，價錢不去問了，總之是貴得令人忘不了，味道有如倪匡兄上次來到說的：「比鰣魚好吃，又沒那麼多骨刺，如果張愛玲吃到，一定覺得沒有憾事了。」

當晚其他菜式包括：五福臨門拼盤、脆皮芝士球、蒸烏打卷、XO醬雞柳、金抹海味鬆、蜜汁煙肉卷、石鍋釀三寶：花膠、鹿筋、水魚；咖喱野生大頭蝦、馬來辣炒蝦仁臭豆、江瑤柱炒蝦仁野菌潮州豆乾、潮州炒麵。

甜品是網友松真杉屋燕做的燕窩，一大碗，完全免費給大家品嘗，吃過之後眾人説又潔白、又香、又環保，真是好東西，她的產品和我合作，叫「抱抱燕窩」，可以在「蔡瀾的花花世界」淘寶網上買得到。

店名：貴賓樓（Elite House）

地址：8, Fortune Park, Jalan Perusahaan Jelutong 2, 11600 George Town, Penang, Malaysia

電話：+604-288-8888

吃飽，好好睡一覺，夢見翌日吃榴槤。

果然夢想成真，由檳城的議員孫意志帶領我們，去到榴槤山，一排排的榴槤、山竹、菠蘿蜜、尖不辣等等南洋水果已在等待我們。

急不及待地剝開一個又大又圓的新品種「黑刺」，肉又香又厚，在比賽中三年蟬聯得到冠軍，真是當之無愧。味道怎麼形容呢？我不會，各位一定要親自試過才知道。

和「貓山王」比較又如何？我會說一個是法國女人，一個是意大利女人，各有千秋。

怎麼分辨「黑刺」和「貓山王」呢？把黑刺轉過來，它的屁股中央有尖尖的一個黑色的刺。而貓山王的屁股，有明顯的星狀花紋，分為幾瓣。

整體來說，黑刺又圓又大，果實多顆；貓山王外形歪歪斜斜，打開了有些瓣內並沒有果實，一個貓山王吃不到幾粒果實，較不實際。

用名字來比較，還是貓山王來得響亮，又貓又山又王，一聽難忘，黑刺在這一點上吃虧了，但黑刺還有一個貓山王沒有的特點，那就是它的樹齡愈老味道愈濃，如果好好地定位，把它像紅酒一樣來分年份，一定更有商業價值，將這一點告訴了議員孫意志，他點頭稱是，今後價錢又提高了，各位可別怪我。

吃完榴槤之後吃山竹，但一點味道也沒有了，吃其他任何水果，也都沒有味道，所以榴槤稱王。

至於榴槤的核，是否可以像尖不辣和菠蘿蜜一樣拿去煮呢？不行不行，榴槤核並不好吃，不像其他那兩種水果有股獨特的味道，比栗子更香。

除了黑刺，榴槤山中還有一些所謂「土榴槤」的無名種類，也都有風味，偶爾吃到一個，像遇到野蠻女子，身上有股生番香味，潑辣又難忘，那是福氣，不是人人享受得到的。

在當地，還給我種了一棵榴槤樹，叫我命名，我說叫抱抱榴槤好了，五年後結了果，我會再來。

榴槤山其實只是個戶區，不在山上，這個榴槤山沒有地址，大家儘管叫它「高淵人冠軍」榴槤山，聯絡人叫 Eric，電話：+601-9862-3862。

中飯也豐富，榴槤吃得已經太飽，忘記了是甚麼菜式。回酒店游泳、曬太陽、小睡。晚上那餐，之前和餐廳主人通過多次電話，他的語氣誠懇，說一定讓我滿意，我完全相信他。

一見面，是位年輕人，英文名叫 Steve，三十一歲，樣子還相當英俊，原來是位養魚大王，在一個水質乾淨的小島旁邊有無數的魚排，餐飲只是他的興趣。

從魚缸中，他抓出一尾兩人合抱的三十公斤龍躉，說劏給我吃，龍躉很快長大，可以源源不絕供應，非常環保。我問怎麼做？他回答：「先將頭蒸了。」

一個大碟子裝了一個七、八斤重的大魚頭，魚頭並不珍貴，珍貴的是蒸得剛剛夠熟，多一分鐘少一分鐘都不行。從哪裏吃起？當然是魚的面珠登和魚唇及眼睛，我留下來給團友品嘗，自己試了一小口就停筷，因為我知道有更好的部位。

接下來是用大量蒜蓉蒸的龍躉魚肝，吃完另一碟魚鰾又上桌，大得不得了，別人怕膽固醇，我大啖的吃，奧米茄3呀，怕甚麼？

貝殼類上桌，一大碟中有肥大的蝌蛄、青口、大蝦、大螳螂蝦，還有一種罕見的貝類，把紅辣椒和大蒜剁碎了鋪在上面蒸出來，大家吃得非常滿意！

三層螃蟹跟着來，第一層是用白胡椒炒的。第二層只是用很大的蟹鉗，黑胡椒燒烤。第三層是螃蟹蓋，塞滿了肉和膏放進烤爐焗出來。

接着又是三種不同做法的田雞，只取肥大的田雞腿，一種清蒸，一種紅燒，一種酥炸，法國人看到了也會大讚。

湯用龍躉骨熬，有點淡，我把蒸魚的汁加在裏面喝，剛好。

最後是雪蛤膏甜品，滿滿地一大盅，也不管會不會太補，味道好，完全吃光。餐廳就開在旅遊景點的「極樂寺」附近，各位去看後請別錯過，一定要去這家叫「天天魚海鮮村」的試一試，向餐廳說要吃蔡瀾一樣的就行。

店名：天天魚海鮮村

地址：288E, Jalan Thean Teik, Kampung Melayu, Ayer Hitam, Penang, Malaysia

電話：+604-826-9148

又睡了一夜，翌日一早去酒店吃自助餐，我對自助餐沒甚麼興趣，但是我記得E＆O酒店有當地椰漿飯Nasi Lemak，馬來人的飯量很小，早餐吃一小包用香蕉葉包裹的椰漿飯，再吃點辣醬就行。別小看這種辣醬，又甜又惹味，每次在街邊買回來的都嫌不夠，在酒店吃自助餐時就有那麼一個好處，辣醬任添，吃得過癮。

乘車一路南下，兩旁的風景是一座座的石炭岩山，有點像桂林山水，再向前走，就是怡保了。怡保出名的，除了他們的萬里望花生、豆芽和河粉之外，就是柚子了。

十多年前我到過的一個柚子園，如今重訪，記得當年吃到的柚子帶酸，當今的品種改良，已有完全甜的，用來做柚子沙律，最美味。我們可以試到從樹上採摘下來的，說了你不相信，個頭像籃球一般大。

剝了皮即吃，記得小時把柚子皮當帽子戴，這回也照做，讓團友們拍照逗大家開心。

這次的旅行，交給了大馬最著名，也是最大的蘋果旅遊公司，這家人的老闆叫 Lee San 李桑，和我一拍即合，結拜為兄弟，他辦的旅行團我也帶過，團友中有位塔標花生的老闆叫劉瑞裕，怡保之行就由他招呼。

他開的酒店 Weil 在怡保數一數二，我的荷蘭醫生朋友也姓 Weil，問他為甚麼取這麼一個名字？他回答說是他姓劉，拼音為 Liew，把名字反過來，就是 Weil 了。

中飯就在酒店的餐廳吃，所有的點心，完全是雞肉做的，原來是家穆斯林餐廳，做的菜不能有豬肉，好在怡保出名的是豆芽雞。

所謂的豆芽雞，雞是雞吃，豆芽是豆芽吃，前者和海南雞飯的差不多，後者就很特別了，怡保流過石炭岩的水質非常好，做出來的豆芽又肥又白又大。日本也有這種豆芽，但沒有怡保的那麼有豆味，真是一吃難忘。記者問我吃過那麼多的怡保菜，哪樣最好？我回答是豆芽和河粉，這兩種食材最平民化，也是最珍貴的了，記者有點不服，再三地問我還有甚麼，我再三地回答：豆芽和河粉，對方有點不以為然。一個地方，如果有一種讓人記得的食品已經難得，何況怡保有兩種呢！

當然，怡保的大頭蝦也不錯，我只喜歡吸它的腦，那麼多膏，吸得滿嘴都是，真是過癮。肉已不吃了，當今的大頭蝦多為養殖，肉不鮮甜，而且有點老韌，只有膏可取，拿來做上海失傳的名菜「蝦腦豆腐」，也是一流。

吃完上車直奔吉隆坡，另一位在旅行團認識的黃慶耀先生一直說怡保的燒乳豬有多好是多好，但是這次我們沒有機會吃，他老兄心有不甘，把乳豬斬件，一包包拿到車上讓我們嘗試，味道果然出色，真是感激。

店名：玉壽軒（Weil Hotel）

地址：292, Jalan Sultan Idris Shah 30000 Ipoh, Perak, Malaysia

電話：+605-208-2228

從怡保再乘一個多小時的車程，就抵達終點站吉隆坡，我們這次從檳城進，吉隆坡出，沒走回頭路。

還是入住 Ritz-Carlton，我常來，已把它當家，主要是熟悉了周圍的購物和飲食的環境，而且從酒店到吃晚飯的「大港私房菜」，走路只要三分鐘。

這家人在樓下開的是給一般訪客吃，我們爬上樓上，有個廳，就稱為「私房菜」了。不管那麼多，我是衝着主廚「大鼻」而來，和他交往已有十多年，很了解他的本領，也知道他會盡力做到最好，不相信嗎？看他的鼻子就知，我開玩笑說，可真是大，但男人鼻大只與房事有關，廚藝又如何？

先來湯，用炒菜的大鍋上桌，裏面滾着已經熟透的豬腳，有何巧妙？一喝就喝得出有很重很重的胡椒味道，看來已熬了七八小時，除了鹽，不下其他調味品，只見火候功夫和心思，眾人大叫一聲：好！

接着就是乳豬了，一烤就兩隻，一隻光皮，一隻芝麻皮，前者就那麼烤，成品皮光滑，後者用細針刺過，起小泡泡，所以稱為芝麻皮。

大家突然哇的一聲叫了出來，原來跟着上桌的菜是一隻巨大的山瑞腳，所謂山瑞就是甲魚，甲魚腳有成人手臂粗大，這隻野生大甲魚也只有在馬來西亞抓得到，這裏原始森林和河流還是很多，不必擔心被吃得絕種，又大量飼養，讓不會吃出分別的人去吃。記得上次和倪匡兄夫婦來到大鼻這裏，倪太一嘗山瑞，即說這是幾十年前的味道。

山瑞腳肉纖細，不像吃肉，像吃魚，而且甜到極點，單單為這道菜，來一趟也值得。

再下來的菜又讓人哇的一聲叫了，是一個大的鯊魚頭，剝了皮，只剩下骨膠原，大家又說甚麼女人的美容品、男人的偉哥，哪有這種功效，好吃罷了。

換換口味，一大碟馬來人最拿手的郎當燜牛上桌，用香料和慢火做出，是我最喜歡的馬來菜，印尼也有。

黃麖，就是小鹿，試了一口，沒甚麼特別，沒有豬肉牛肉那麼軟，這些所謂的野味，下次一定不叫。

最後是椒蒜炒半山菜，也就是蕨菜，在侏羅紀公園出現的頭彎彎那種，馬來西亞的非常爽脆美味。

甜品是把紅豆沙放進老椰子中燉出來的。

早睡早起，翌日散步到我最喜歡的咖啡店去，一個人，也叫盡所有的小吃，有阿弟炒粿條、豬肉丸河粉、雲吞撈麵、寒家醃豆腐等等，還不忘記星馬獨有的燙雞蛋，半生熟，蛋白留在殼中，加黑醬油和胡椒，用小茶匙挖出來吃，是我的最愛。

吃完早餐又去吃榴槤，再坐近兩小時的車，就到文冬的榴槤山了。文冬這個山區，在唸中學時常聽一位叫唐金華的同學提起，說甚麼常患水災，民居的牆上都掛着一條木船，以備逃生，現在當然看不到這種情景。

園主叫貝健廣，為了迎接我們，還特地搭了一個陽台，讓我們一面望河流一面吃榴槤，還造了一個韆鞦，一邊搖一邊吃也行。

他做的是榴槤出口生意，而種類多是貓山王，我開了一個又一個，百吃不厭，吃到肚子快要爆開，才逼自己停止。

地址：馬來西亞彭亨州，文冬縣，文冬市，清水河，大水湖旁邊的榴槤山，請聯絡貝先生。

電話：+601-2484-1188

文冬還有一種特產，那就是薑了，又老又辣，當地人問我怎麼發展旅遊，我說來一頓「薑宴」好了，用薑，我可以想出五十道菜來，包括薑汁撞奶。

貝先生真熱情，吃完榴槤帶我們到文冬市最古老的一家餐廳，叫「龍鳳餐館」，走進去像踏入時光隧道，回到六十年代，文冬廣西人最多，這裏做廣西菜，有廣西釀豆腐卜、味念雞、扣肉，另有當地的咖喱野豬肉、釀山地苦瓜湯、八寶鴨、金錢肉等等，你若是廣西人，一定要去嘗嘗，這裏的還保持原汁原味。

最精彩的還是貝先生特地找來四五斤重的「白蘇丹」河魚，清蒸出來，相當美味。

最後一個晚上，我們去了老友王詡穎的新餐廳，地方相當偏僻，從吉隆坡市內要一個小時的車程，但再遠也得去，他是河魚專家。

一到了他就把十幾尾大河魚擺在桌上讓我們拍照片，「忘不了」已是不稀奇了，另外各種連名字也叫不出的，奇形怪狀，但已都是冷凍的，我們就不去碰了。

魚缸中有數十種游水魚，這裏的「忘不了」色彩繽紛，但我們已試過，我選了三尾特別的，第一尾叫貓王，與貓山王榴槤無關，第二尾是野生鯰魚，鯰魚養殖的我們吃得多，野生的還是第一次，第三尾有五公尺長，叫「紅尾老虎」，專吃別的大魚當早餐，兇惡得很，見到甚麼吃甚麼，故有老虎之稱。

另外，王翊穎特地準備了一尾連他也沒見過的，沒有名字，我就命名為「抱抱魚」了。

發現最普通，和最好吃的是鯰魚，和養殖的相差十萬八千里，單單為了吃牠，請來一趟吧。

店名：Maeps 河魚專門店

地址：43400 Seri Kembangan, Selangor, Malaysia

電話：+601-2323-2633

# 河魚王

去了馬來西亞，最大的食趣莫過於吃河魚。

各國的野生海魚數量已明顯地減少，當今在香港要吃到一尾不是養殖的黃腳鱲已非易事，流浮山附近海域還有人釣到。七日鮮和三刀等，更是可遇不可求。養殖的海斑最乏味，肉質多渣，當今我已盡量避免去吃了。

野生河魚及半鹹淡水魚也是少之又少，倪匡兄說他小時候看到黃浦江中的黃魚，游過來時海面一片金黃，多得漁民不去捕捉。網到的也多沒有尾巴，是給後面的魚吃掉的。那麼多的黃魚，也給我們吃得快絕種，近來國內能捕到的一尾半公斤也不到的黃魚，也要賣四五千塊人民幣了。

郁達夫先生不停稱讚的富春江鰣魚，也是同樣命運。友人到了上海，說也吃到鰣魚呀，為甚麼說沒有了？啊，那是馬來西亞運去的，種已不同，樣子像而已，鱗下的脂肪不見，瘦得可憐，叫甚麼鰣魚呢？

河魚是馬來西亞最稀有的天然物產，至今未被普遍認識。我對馬來西亞河魚又愛又憐，牠得天獨厚，鮮腴味美，一方面又擔心過量捕捉，又會是怎樣的一個收場？

十大品種的河魚皆肉肥骨少，多數是受馬來西亞政府保護的，生產於全國最大的拉讓江和最長的彭亨河，只有一代接一代生活在江邊的土著有權去抓，以充生計，其他人是一律禁止的。

話雖那麼説，但是土著抓來，也是賣給出得起錢的老饕，隨時隨地會過量捕捉的。

有個叫王詡穎的人，在彭亨的勞勿地區建了 A-Class Aquarium Pet Centre，起初是把河魚當成觀賞魚來賣，後來食者漸多，他也認清潛伏的危險，搭起具有規模的養魚場，像我們的基圍蝦一樣，讓河魚半野生半養殖，供應食用。

在這個條件之下，我才讓他請客，大啖馬來西亞十大河鮮：第一，當然也是最貴的，叫「忘不了」，原名為 Emourau，產於砂勞越詩巫江上流的加必，以及下流的峇拉加兩段水域之中。前者魚身較白，肉質更為鮮美，後者長滿紅鱗，質次之。

這種河魚嗜吃一種生長於河邊的野果，俗稱「風車果」，成熟之後掉進河裏，忘不了爭逐搶吃，有些更沖上激流，越游越勇，一下子跳躍而上，從樹中咬來食之。

養殖的成長頭一年，體重只有四五克，第二年可達一至二公斤，三年才有三公斤，酒樓價格一公斤在五百五十到一千馬幣，一千馬幣合港幣二千二百大洋。

這次清蒸了一尾四五公斤的給我，好吃嗎？的確好吃，又有一股其他魚沒有的香味，鱗刮下後拿去鹽抹，有五塊港幣銅板般大，帶着皮下脂肪，鰣魚魚鱗絕對比不上。此魚雖美味，但是忘不了的印象，來自價錢多過肉質。

第二尾白蘇丹 White Sultan，樣子像大鯉魚，是牠的近親吧？但一點異味也無，異常鮮美，價錢一公斤從一百八到兩百八馬幣。

第三尾夢亞蘭 Munyalan，譯名十分優美，牠的價錢一公斤只賣一百八十，是因為一出水即死，都是冰凍的。

第四尾高鰭拉邦 Raban，名副其實地翹起很高很大的魚鰭，樣子也有點像鯊魚，清蒸之後雖沒忘不了那麼香，但肉質亦異常滑嫩。牠給雲頂賭場包去，只有在那裏才吃得到，一公斤一百五至一百八。

第五尾國寶鯉，又稱獨目鯉 Temoleh，有雙目，名字大概是由馬來文譯來，中國人加上國寶二字，以示珍貴。名有個鯉字，但不像鯉，反而接近烏頭，牠的香味最濃，肉也最肥，蒸魚次序一搞亂，先上國寶鯉的話，其他魚都乏味了。國寶鯉的產量最多，又有游水的，建議大家多食，一公斤價錢從一百三至二百八，視重量而定，越大條越好吃。

第六尾筍殼，無英文名字，那是香港人認為珍貴的河魚之一種，反而只排行第六，肉味淡，多數拿來油爆，不清蒸，但馬來西亞的筍殼可以長得極大，一條十公斤以上，賣一公斤一百三至一百八。

第七尾是吉拉 Kerai，分白的和黃的，像全身潔白的鯉魚，味亦佳，一公斤一百三至三百。

第八尾鯰魚，也就是洋人所謂的 Catfish 了，但馬來種的無鬚，亦長得很大。

第九尾的紅尾虎，亦無馬來名，牠的上顎有數條短鬚，下顎有兩條很長的，湄公河、亞馬遜河和美國河流皆有產，樣子倒像我們印象中的鯰魚。

第十尾河巴丁 River Patin，在新加坡吃到冷凍的已算非常珍貴，牠樣子像珠三角的大頭魚，但味更香，腹部充滿肥膏，有這種第十位的河魚來吃，已覺幸福。

魚王王詡穎曾經捕捉到一條野生的國寶鯉，重四十三公斤，長五十吋，足供三百五十人吃，但是他說肉質最佳的是六至十五公斤的，太大的不好吃。鱗倒是越大越鮮美，一片有成人一隻手掌那麼大。

國寶鯉學名為 Probarbus Jullieni，上半身呈深綠，腹部則是乳黃色，是最大的鱗科分類，和牠的近親忘不了與水馬騮一樣，也會跳上水吃果實。

但野生河魚游得快，土著們多數用棒子擊斃，有瘀血，便不好吃了，故不鼓勵。況且河魚和海魚不一樣，養殖的味道差不到哪裏去，在香港吃到的珠三角河魚，就是一個證明。別殺野生的，讓牠們繁殖，再拿小魚來養，我們才能一直吃下去。

有機會，我還是會跟隨王詡穎到彭亨河去，和土著打打交道。他們網到的活魚扔在燃燒的木堆中，就那麼吃，是日常的食物，和他們一起吃野生的，不過份。想味道必佳，一樂也。

# 檳城今昔

又到檳城一趟，和我第一次造訪，當然有很大分別，高樓大廈增加不少，但印象中，檳城總是那麼古老。

最初是學生時代的流浪，在那單純的年代，遇到一位當地少女，相談甚歡，即刻把我拉到她家裏去，當她聽到我在找旅館下榻。

她父母也毫無戒心，女兒的朋友，就是他們的朋友，把我當兒子款待。吃過簡單又豐富的晚餐後，各自回房睡覺，把我們留在客廳。

翌日，一起身，看到一張白色的鬼臉看着我，嚇得一跳，原來是她在半夜塗了當地最原始，也是最流行的化妝品：白粉。

「很好用的，塗上去涼冰冰。」她拿出一把尾指甲般大的小粒，底平頭尖：「青春痘也能醫好。」

「在甚麼地方買回來的？」我有點興趣了。

「自己家裏做的。」

「怎麼做？」

她帶我到廚房，有一缸浸着白米的水：「一直要換，換到水沒有味道。」米已發酵，發出異味時換水，重複又重複，浸到成了米漿，加了南洋獨有的香料巴蘭葉進去。撈起米漿，放進一個做蛋糕用的尖紙筒中，再一滴滴地擠在白布上，等它乾了，就變成這種化妝品。

現在想起來，日本人的最新產品，明星小雪賣的廣告之中驚嘆的酵母，就是這種東西呀，還有自然的香料，比甚麼化學香水更高級。

在菜市場散步，看到小販攤中出售此物，裝進番茄汁舊玻璃瓶裏，一瓶有上百粒，即刻買回來懷舊一番，雖然我已不會再長青春痘了。

又不知經過多少年，我已經當了電影製片，帶日本導演島耕二去檳城看外景。當時的他，和我現在年齡相若吧？我們住在邵氏公司海邊的一座別墅中，到了半夜，我跳進海中游泳，那時的海，清澈見底。

「下來游吧！」我向島耕二導演説。

日本人對海的印象，總是冰冷的，即使是夏天，所以他死都不肯，最後看到我和幾個工作人員玩得那麼高興，也忍不住脫光衣服跳了下來。

「咦，海是溫暖的！」他大叫，然後開始游。貝殼死後的磷質浮在水面上，沾在我們的身體上，發出閃亮的光芒，大家都像外星小孩，互相潑水，玩得不亦樂乎。

外景隊抵達，好傢伙，檳城人民從來沒有看過那麼多的邵氏明星，把旅館重重包圍。我們要出外工作，但寸步難移，要靠警察來開路，記得他們揮着木棍，把群眾趕了回去，但又擁上來。

這回重訪，那間旅館已找不到，不知何時被拆除，但借來拍外景的那間豪宅還在，已破舊不堪。檳城還有不少那種殖民地式的建築物，要是好好裝修，不但有歷史價值，還會住得很舒服，可不可以買下一間？

還是在 E&O 酒店下榻。我對它情有獨鍾，當年它和曼谷的文華東方、仰光的 Strand，都有過最風光的歲月，皇親國戚、荷李活明星、文人雅士到南洋必住的地方，不可不去。

第一次住 E&O 的時候，它已破舊不堪，非常沒落了，世上再也沒有那群優雅的郵輪旅客，要維持這些昔日的皇帝皇后級酒店，不是一件容易的事。

只記得大堂的那個巨大的橢圓形天花，十分宏偉，站在下面叫一聲，回音不絕。房間是那麼的大，擺着三張床也覺空空洞洞，浴室已比當今的酒店房闊。

海濱大浪撲來，我躺在沙灘沙發上發懷古的幽思，叫了一碟海南瓜子炒的米粉，是我吃過最好的，那味道至今不忘，也許是在空溜溜的酒店中，那種孤寂的感覺造成。

好在有心人的集團把這家酒店買下，重新裝修，恢復了昔日的繁華，我住的是劇作家 Noel Coward 套房，其他的當然也有毛姆、卓別林等等早期到過南洋的名人命名的房間。長方形的客廳擺着沙發和餐桌，一頭一尾很大，一半有陽光照入，一半要開燈才能照亮，臥室旁邊有間小房間，是讓孩子或僕人入住的吧？

當晚下雨，也不出去了，就在酒店的餐廳吃飯，它已成了城中名所，平日也爆滿，嚐盡各種馬來風光的小食。

翌日散步到唐人街的菜市場，附近很多咖啡店，任何一檔都有水準。可吃檳城獨有蝦頭膏叻沙，檳城炒貴刁，和與香港截然不同的雲吞麵，海南雞飯做法和星洲的不一樣，印度人的羊肉湯也令人垂涎。

菜市場旁邊有檔賣薄餅皮的，老人家在那裏現做現賣，當今已少見這類技巧。另有一家賣海產，檳城產的蝦乾並不起眼，上次和倪匡兄來，買了送給他，他一吃才知香甜無比，至今念念不忘，這次又買了一些當禮物。

天氣悶熱，想去游泳，但昔日的海，已被污染，唏噓不已，還是在游泳池中泡泡算了。

# 馬六甲之旅

很久沒去馬六甲了，有點想念。

組織了一個吉隆坡的旅行團，乘團友未到，自己先去新加坡老家探母，再經馬六甲，最後到吉隆坡和團友會合。

媽媽今年已經九十五歲了，還天天喝她的白蘭地。弟弟蔡萱的媳婦生了一個女兒，取名蔡真。臉紅紅，隔代相傳，有點像我。

我們蔡家，大姐蔡亮有兩個兒子，滿堂孫子孫女，但都不姓蔡。大哥蔡丹育有一子一女，兒子蔡寧，ＩＴ人，數十歲了，娶了蘋果電腦，可能也不生了。女兒蔡芸，單傳一女。我不養育，這麼算起來，將沒有一個姓蔡的第四代人了。

但不打緊，父親有四位哥哥，除了三哥一早在大陸過世，其他的都來南洋謀生，於馬來西亞的一個叫笨珍的小鎮落腳。哥哥們都很會生，曾經有個時期，我們在笨珍有上百位親戚，全部姓蔡。

提到笨珍，我就發笑。馬來原名為 Pontian，不知給哪一個傢伙翻譯為笨珍，連地方也不會取個優雅一點的名字，名副其實地笨。

已經快四十年沒有到笨珍去了，上回是向二伯祝壽，所有親戚都來，二伯家的後院，擺了三十多個嬰兒搖籃。我一買雪條給孩子們吃，整架小販車子的冰棍都賣光，你說多麼驚人。

這次有時間，我將重臨，笨珍與新加坡之間有一個多小時的距離，還是包輛車方便，大姐和弟弟聽了也欣然同往，我們三人的旅行，上回到廣州，也是四年前的事了。

到笨珍之前會經過新山柔佛，想起在日本留學時候在一起的李秀忠，多年不見，先打一個電話去，聽到一把嬌小的聲音說：「爺爺不在。」

人愈老，愈想見老朋友，連弟弟和同學都成公公了，我們都已上了年紀，在別人面前一定要認老，但私下對自己，千萬不能認老。

從新加坡驅車到馬來半島，沒有橋樑，得通過一條長堤，方能抵達。

一直聽說過車輛擁擠，需花很多間等待。我們去的那天是星期四，又非繁忙時段，一下子就抵達，順利過關。

柔佛新山依然故我，雖然有些高樓大廈，但究竟沒有成為一個高密度的城市。約好了老同學李秀忠在當地的一間酒店大堂見面，相隔多年，不知他有沒有變呢？

李秀忠到來，提着一根手杖。

原來他在多年前中風，當今行動不便，還是依時來了，真難得。

大家敍舊，他太太是柔佛人，就在那裏定居了，但是他始終沒有放棄新加坡籍，在馬來西亞的簽證只能住上三十天，故一個月之中總會回新加坡一兩趟。兩地來來往往，不覺不便。

「找過人針灸嗎？」我問：「我們香港拍電影的有個同行，叫徐小明，他也中過風，嘴歪了一邊，但經過針灸後，完全恢復。」

「有呀，每個月回新加坡去的時候，總找醫生針灸。出事時西醫不贊同，他說你去是你的事，我很後悔聽了他的話，一開始不去找中醫，才沒那麼快好。」老李說。

李秀忠當年留了鬍子，很年輕時我們已儘管老李、老李那麼叫他。現在可以真的那麼稱呼了。

「西醫對他們不熟悉的技術，總是那麼說的，到了束手無策時，才叫你試試看。」我說。

「別在酒店這種鬼地方聊天，我們去找東西吃吃。」老李建議。

這我最贊成，扶着他，我們走下階梯。老李的太太來接他，向我說：「老李一向身體很好，又打功夫，很注重健康，也弄成這個樣子，不像你那麼亂吃亂喝，也沒事。」

好像我這種人才該死。我聽了，只有苦笑。

星馬一帶，到處都有人賣肉骨茶，我試過無數檔，味道大同小異，並不感到太大的興趣。

老李夫婦，帶我來的肉骨茶檔，叫「木清」，說是柔佛最早最好的一家。志在和老李聊天，吃甚麼都好。餐廳開放式，頗大，不設冷氣，可以抽煙。很透風，蠻涼爽的，風扇也不必開了。

通常的肉骨茶檔，主要賣的是以下數種：一、肉骨湯。二、內臟。三、豬尾。四、滷豬腳。五、油條或白飯，就此而已。

「木清」有幾味小炒，並不引起我的食慾，只有乾咖喱貴刁，先來一客試試。上桌一看，一大碟，下面鋪着的貴刁，份量不多，淋上咖喱汁，上面有點配料而已，但這個賣相，在其他店裏就沒看過，即刻舉筷試試，味道可真的不錯。

主角的肉骨茶上桌，湯很清。「木清」是潮州人，但做法不是潮州的胡椒味很重的白湯，而是帶褐色。湯中的豬排骨一塊塊，斬得整齊，大小一樣，這是功夫了。一般的都是長短不齊。

試一口湯，啊，是近年來喝過最好的，把新加坡和吉隆坡的都比了下去，和巴生的匹敵。

上等的肉骨茶湯，一定又澄又清，喝了感到藥味不重，豬骨湯就應該有肉和骨頭的味道，不可用藥材蓋過，這裏的全做到了。

「當年木清還在的時候，看見客人用油條沾湯，就破口大罵。」老李說：「有時客人要多點湯，也被他趕走，但遇到熟朋友，見碗中湯一乾了，即刻添給你。當今已是木清的兒子和媳婦做的肉骨茶，味道沒有木清的那麼好，但比起別家，已分出高低。」

地址：81 Jalan Harmonium 35/1 Taman Mount Austin, 81100 Johor Bahru,

Johor Malaysia

電話：016-721-1108

和老李道別時，他太太說有位女兒李春嫣嫁到馬六甲，吩咐我一定要去看她。再上路，從柔佛新山到笨珍，只要一小時。去見了我們的四嬸，九十多歲了，四伯逝世，她一個人住在一間兩層樓大屋裏，沒請傭人。

四嬸的兒子，我的堂兄弟各買一間在她隔壁和對面，互相有個照應，也有私人空間。

大伯和二伯的子孫們也要見，四嬸一家熱情，說先請我們午飯：「賣海鮮，不遠，就在附近，很多新加坡人也來吃。」

笨珍的海鮮最出名，潮州人又是最多，嚐過一尾巨大的鷹鯧，鋪上肥豬肉和冬菇鹹菜絲蒸，數十年前事，記憶猶新。

車子坐了個老半天，怎麼還未到達？原來又是打回頭路，差點已經抵達出發點新加坡，才見餐廳，怪不得有那麼多新加坡客。

門口擺了幾個玻璃水箱，我指其中之一：「這種魚不是人工繁殖的吧？」

「養的。」店裏的人回答。

連指數種，答案都是一樣。看見有食用青蛙，叫為石鴿，也是養的。鯧魚不能養，就要了鯧魚。又點了蔬菜，見番薯葉，我最愛吃。

「怎麼做？」店裏的人問。

「滾水灼過，淋上豬油。」我吩咐。

「我們的店，是不用豬油的」老闆娘做了一個不屑的表情，一記悶棍打了過來。都市的餐廳不用豬油可以理解，鄉下地方，怕甚麼肥呢？我食慾全消。

做出來的海鮮和肉類，用同一種沙茶之類的辣醬，結果全是一個味道。那兩尾鯧魚，手掌般大，小得不能再小，也許是過度捕捉之故吧。

飯後店裏的人要求合照，我一萬個不願意，但也強笑，表情僵硬。

看錶已是下午兩點了，要天暗之前趕去馬六甲，二嬸家只有留着讓姐姐和弟弟造訪，我們不折回笨珍，抄高速公路前往。

從餐廳到馬六甲要三個小時，適逢雨季，雷電交加，熱帶的傾盆大雨，很嚇人。

見有太陽出現，雨停了，又看到烏雲，再下。那條筆直的公路，我以為會有一段乾的，一段被雨淋濕，交界分明。但事實並非如此，像電影手法的淡出淡入Fade out and fade in，乾與濕是模糊的。

高速公路剛建好時來過，只有很少的休息站，甚麼都沒有，設着讓人方便的小屋罷了，當今不同，已建得又多又豪華。

除了乾淨的洗手間之外，還有一大排小商店和食物攤檔，但賣的東西千篇一律，不像日本的休息站那麼好玩。

齋戒日已過，是馬來人的新年，他們的生活水準已漸提高，少女們穿着花花綠綠的紗籠，坐車出來旅行，所見的華人反而不多。

又上路，我坐司機旁邊，冷氣直吹，身上只是一件黑膠綢香雲紗，有點寒意。好在我有自知之明，在休息站的小商店買了一條巴絲米娜圍巾，才五十塊港幣，用來像包糭子一樣裹着身體。

下雨，又停，再下。我們已抵達馬六甲的外圍。

馬六甲在一六四〇年代，由一位蘇門答臘的王子建埠，從此發展為一個東西交界的貿易港口，各國商人在這裏買賣絲綢和香料，已非常之繁榮，對面的海，成為著名的馬六甲海峽。也有人在這裏定居下來，稱這個地方為「流着蜜糖和牛奶」的城市。

歷年來受葡萄牙、荷蘭人霸佔，後來也成為大英帝國殖民地，馬來人和中國人也通婚，生下的子女稱為峇峇和娘惹。

有文化的城市到底不同，一入城，即刻感到寧靜的氣氛。建築物不俗氣，大樹臨風，街道清潔，人們悠閒地散步，但是我們下榻的酒店在填海新區，一點個性也沒有，對這個城市的印象，大打折扣。

老李的女兒春嫣，抱着兩三歲大的兒子，和她先生及家公家婆熱情地歡迎，帶我們到馬六甲的一家娘惹餐廳吃晚餐。

酸菜鴨湯、咖喱魚頭、蝦乾炒菜、炸雞等等，還有一種叫Otak-otak的魚餅，先把魚攪碎，加香料及椰汁為漿，再用葉子包出來的典型馬來菜，食物豐富得不得了。

娘惹菜中，點的蝦醬，和澳門的葡國菜一樣，可見從非洲雞到馬介休，殖民地中的葡萄牙料理是一脈相傳，各國不一樣，但又能找出共同點。

問春嫣的家公賴先生馬六甲還有甚麼最好的酒店，回答說有間美國連鎖管理的，我一聽名字就知道是千篇一律的建築，興趣不大，而且又接香港旅行團，更是不作考慮了。

我們住的那家，房間寬大，從陽台望出，見長堤中的公寓，像積木般花花綠綠，襯着大海，風景是優美的，但房間既無特色，又沒個性，並不理想。好在三間房有個大廳連接，睡覺之前姐姐弟弟和我沖完涼後沏杯茶，坐下來敍敍舊。

我們兄弟四人，都不嬌生慣養，各自獨立長大，負責教功課的是姐姐蔡亮，弟弟蔡萱和我都由她親自栽培，很感激她。她後來成為新加坡最大的南洋女子中學的校長，當然教導方式是一流的。

第二天一早，賴先生一家又來帶我們去吃肉骨茶，為當地最著名，老闆翁先生已八十多歲，能行醫，炮製的藥粉治糖尿病和高血壓，據聞很有效。

賣的是潮州式肉骨茶，很多人以為福建人做的湯黑色，藥材味重。潮州白色，下很多胡椒，其實也不一定，肉骨茶各師各法，像四川人的擔擔麵或麻婆豆腐，家家不同。

「你有甚麼秘方？能賣那麼多年？」我問。

翁先生笑着回答：「有甚麼鬼秘方？還不是肉多，配料不搶去肉味，幾十年同樣足斤両，味道不變而已。」

賴先生代理汽車零件，生意做得很大。吃完肉骨茶後帶我們去他的店鋪坐坐，就在馬六甲的古城。

一走進這個舊區，我發現了馬來西亞一個最大的寶藏。走進整個舊區，就像踏入歷史，所有的建築，成為一個活生生的博物館。南洋華僑的商店和住宅，門口不大，走進去是一個會客的地方、天井、大廳、臥室、餐廳、廚房、傭人房，像一個無底的洞那麼深，面積巨大得令人不可置信。通常是門口在一條街，屋尾在另一條路上，你不親自光臨，不會了解。

目前街上的舖面都改為餐廳、咖啡室和無數的古董店。檳城當然有這一類的古街道，但室內並不如馬六甲的大，而談到古董店，檳城的和馬六甲一比，簡直是小巫見大巫。

古董也分類，馬來的、中國的和西洋的。二三十年代的 Art Deco 作品，在店中信手拈來，你如果是好此道者，走個兩天都看不完。

經過其中一間鞋店，賣的是釘珠鞋和跳交際舞的鞋子，現成的當然有，不然可以買一張張的釘珠布來縫製。手工精細，那麼小的珠子一顆顆排列鞋上，變成美麗的圖案，當年的俗氣，是今日的古雅。門口那兩塊招牌，也成為了古董。

另有改裝的娘惹餐廳的，可坐幾百位客人，一點也不擁擠。樓頂高，通風系統完善，中間又有個天井，不開冷氣亦舒適。

馬六甲著名的飲食還有它的特色雞飯，吃的是放生的過山雞。飯不是一碗碗盛，而是捏成福州魚丸般大小的小丸子，一口雞，一口飯。

天氣熱起來，逛古董店和到名勝去，走起路來整身汗，可僱裝飾得花花綠綠的三輪車，包它兩三個小時，也要不了多少錢。

地方實在優美，吃的也上乘，但住呢？沒有好酒店，一切也是枉然。

「不用擔心，我帶你去一家，你一定會喜歡。」賴先生說。

「有個性嗎？」我問。

「何止個性。」賴先生笑着說。

到門口一看，即刻愛上。原來是著名的華僑陳金生的巨宅改建的，它和其他古城中的建築一樣，很深，但是闊度就大得多了，酒店還把陳金生建給他女兒的那間大屋合併，裝修成一間古色古香，但又有現代化設備的所謂精品店式的旅館 Boutique Hotel。

豪華雙人房每間二百八十八平方尺，也有兩間連在一起的家族房。乾淨、漂亮、大方，洗手間也寬大，但缺點在不置浴缸，南洋地方熱起來一天要沖兩三次涼，還是花灑較為方便，不浸也罷。

大天井改為咖啡座，早上可以在那裏嘆杯茶和吃豐富的早餐，另外也有餐廳，擺的都是玻璃家具。有家迎燕廳，壁角被燕子築滿了巢。

整間酒店，像一個大的爸爸媽媽古玩店。走了出去，有更多小的子子孫孫古玩店。

太喜歡了，決定住下。

「為甚麼當年的建築，要搭得那麼長，那麼深呢？」我問賴先生。

他回答：「中國人最聰明了。古時政府徵稅，是量店鋪門口大小來計算的。店有多麼深，政府不管。這下子可好，大家建屋，都拉得又深又長。」

從酒店走出來，看到有一家人門口種滿紫藤，走近一看，原來是個畫廊，樓下擺的是油畫、山水和篆刻作品，畫家住在樓上，真會享受。

姐姐和弟弟鑽進自己喜歡的古董店大買特買，我是一個購物狂，但不出動。

「沒看中你喜歡的小古董嗎？」賴先生問。

我笑着說：「我看中了一個最大的古董，想在這幾條街上買一間古屋。」

「政府規定，古城中的建築，外表不能拆除。」賴先生說。我才不肯，要是老房子買得成的話，就在附近的古董店裏收集彩色瓷磚鋪地。從前打麻將，可以拉上拉下的白瓷燈罩，弄個幾百盞，把那又長又深的建築照亮。牆壁掛上開店時人家祝賀的書法玻璃巨鏡。擺幾張大鴉片床，另有明式家具。臥室裏由天花板吊下蚊帳，沖涼房來個英國古老大浴缸，等等等等，可能性大得不得了。

又要出發了，和老李的女兒春嫣依依不捨道別。

我答應會回到馬六甲來，旅行計劃已經做好，一共四天三夜。

第一天，從香港飛新加坡，入住由古郵政局改建的 Fullerton Hotel，中午來一頓南洋海鮮，晚上到新加坡潮州菜館「發記」吃他們做得最好的光皮乳豬和燕大鷹鯧，以及各類在香港失傳的潮州菜，一共十五道。

第二天，一早從新加坡出發，經過長堤，抵達柔佛新山，到那家我認為最出色的「木清」去吃肉骨茶，不遜拒絕特首的「林亞細」。

直奔馬六甲，中途在休息站讓團友們各自點馬來小食，任吃不嫐。抵達馬六甲，入住精品式的酒店，晚上吃地道的娘惹大餐。

第三天，可在酒店用早餐，如果大家興趣不減，再到外面來多一頓肉骨茶。中午街邊小吃。晚上到雞飯餐廳，另加十四道其他菜餚。

第四天，在酒店早餐，中餐再去一家地道的中菜館，吃完乘一個半小時的車到吉隆坡機場登機返港。星期五去星期一回來，四天三夜。

在馬六甲時為各位包三輪車代步，自由活動時間充足，對古董沒有興趣的人可去葡萄牙人炮台山，或三寶太監的各個古蹟，當然也安排香港人最喜歡的土產購物。

馬六甲，不會讓人失望。

# E&O 酒店

檳城的 E&O HOTEL 在一八八五年創立，被譽為「蘇彝士運河之東的超頂級旅館」。當年，還沒有新加坡的萊佛士酒店呢，可見檳城的重要性。

很多人以為是英國人建的，其實 SARKIES 兄弟來自亞爾曼尼亞，為眼光獨到的商人，最初蓋了 EASTERN HOTEL，生意一好，再來一間 ORIENTAL HOTEL，兩家合併，成為 E&O。到東方的皇親國戚和名流，都搶着下榻，當今還留下 KIPLING, MAUGHAM 和 HESSE 等作家套房。

二十年代，經濟大蕭條，馬來西亞樹膠的價錢又是最低的時候，很多從前富有的常客都落難在檳城，SARKIES 兄弟也很大方，沒有追賬，所以當年的 E&O，也有一個 EAT & OWE 的暱稱，E&O 代表了「吃和欠」。

日本人在第二次大戰時拿來當軍部，光復後馬來西亞從英國殖民地獨立，這個情婦苟且生存了下來，直到我們來住時，一直為她惋惜。她的氣派不減，大堂中那個圓頂的回音廊留下深刻的印象。房間巨型，我記得可以放下三張大床。晚上聽着浪濤入睡，她佔有八百四十二呎的海岸線，並非其他現代旅館可以代替。

總希望她有一天恢復從前的光彩，要搭新酒店容易，重修就難了。終於在二〇〇一年，花了五年工夫重開，鞏固在東南亞最好的酒店之一的地位。

當今的E&O，走進大堂，櫃枱還是保留從前的樣子，有個木箱放房間鎖匙，雖然其他酒店都用電子卡片，這裏仍舊是一塊沉甸甸的銅牌，刻着號碼插在匙框中。

一共有一百零八間，都是大小一樣的套房，如果你入住的那間不望海，那麼就有更大的浴室來補其不足，巨型的白色浴缸被綠色的大理石圍着，毛巾有五呎長，另外有個沖涼的花灑浴室。洗臉盆兩個，不並排，相對分布在浴室兩端，在香港，可住上一家人。

房間鋪着的阿富汗地氈，愈用愈漂亮。兩張大床，埃及棉柔軟的床單，床頭床尾有四根柱子。

「從前用來掛蚊帳的。」帶我進去的經理解釋：「當年發生瘧疾，我們的酒店向客人保證，一定安全，你知道嗎？」

「甚麼時候開始，才把蚊帳拆除的？」我反問。

經理搖頭。

我的認識比他豐富：「E&O自己發明了一種防蚊的油漆，還註冊過，後來就不必用蚊帳。」

「現在要是有客人投訴的話，我們點電子蚊香罷了。」經理聳聳肩說。

房間裏的現代化電器盡量不露，電視冰箱，都藏在木櫃內，客廳擺了熱帶水果和礦泉水免費奉送。

換上泳褲跑到樓下，靠海的池子十五米乘二十五米，游泳的西方客人居多。東方人只曬曬太陽，在池邊叫杯雞尾酒淺嚐。

記得試過一碟海南廚子的炒米粉，特別好吃，就到紀念創辦人的咖啡廳SARKIES CORNER去，再叫一客。奇怪得很，味道沒有改變，從前來時，已是三四十年前的事。

一八八五年是間西餐廳，為創立年份。FARQUHAR'S BAR是古老的英式酒吧，問FARQUHAR是甚麼人物？回答道為一個英國子爵，另有一間THE BAKERY專賣麵包和糕點。

GRAND BALLROOM是當時名流的社交場所，有兩層高，樓上包廂座位，早年的歌劇表演都在這裏舉行。當今開放來當婚宴場所，我特地叫經理開給我看。幻想范朋克、瑪莉碧福、麗達海華等荷李活巨星在這裏跳過舞呢。

當年的SARKIES兄弟，已懂得連鎖酒店的道理。他們到新加坡開了萊佛士，去到緬甸仰光開STRAND，堅持第一流水準的服務和古雅的建築。

萊佛士也曾經失修過一段很長的時期，當今完全復原，還加了一個新翼，到客房時乘電梯，要用私人鎖匙，好像扮成很高級，但也失去了親切感。當然原來的主人已經把它賣掉，而且換了幾手人經營。

仰光的STRAND也破爛得厲害，經緬甸的數次戰火，差點不能住人，但是被酒店奇才亞倫積克爾翻新，保留了舊貌，我沒住過，只去喝下午茶。這種英國遺風，也只有傳統的老酒店做得好。STRAND已是全仰光最貴的旅館，一般人認為不值得住，但喜歡古典優雅的客人，還是源源不絕的。

檳城的E&O房租也是一樣昂貴，我看過了新建的RASA SAYANG酒店，度假村式，好幾個大泳池，有E&O所無的SPA設施，但總覺得樣子很怪，不是美國式，又沒有南洋的特色，最後還是選擇了E&O。

從酒店走出來，外面有條酒吧街，這種模仿香港蘭桂坊的娛樂場所到處可見，在大陸尤其流行。星期五和週末特別多年輕男女，雖說是去找一夜情，但多數人都會失望而返。東方人到底沒拉丁民族那麼熱情奔放。

再走遠一點就能看到印度食堂和南洋咖啡店，要甚麼地道小食都有。這比找一夜情更腳踏實地。

E&O 是人生之中，值得入住一次的酒店，旅館經千辛萬苦裝修，也能恢復原貌，或更加完美，可惜的是，被污染的大海，再多的人力物力，也看不到海水見底的白沙。

# 吉隆坡書法展

很久沒去過吉隆坡了，說很久，也不過是一兩年。

吉隆坡是我人生第一次旅遊的城市，也是我第一次入住旅館，愛上那洗得乾乾淨淨，漿得筆筆直直的床單，從此染上放翁癖的地方。

隨着去了又去，唸中學時還愛上一位住在 Pudu Road 的女友，情書不斷，一到週末便和友人，偷了他媽媽的汽車，一路從新加坡開往吉隆坡的路上。

Bukit Bintang 的 Federal Hotel 剛開幕時便入住，半夜到達時去對面的停車場吃「流口水」的福建炒麵，比「金蓮記」的更精彩。

湖濱公園中有一檔燒雞店，特別受歡迎，入夜只點蠟燭，幽暗氣氛下的味道最佳，叫侍者呀也不必呼喝，只要輕輕地把鐵匙敲着咖啡杯，對方即刻出現。

出來工作後，被邵逸夫派去發展馬來電影的事業，和諸多香港及日本導演拍了不少極賣座的片子，像《Sayang Anakku Sayang》（1976），至今還是經典作。

後來從電影轉到旅遊，也帶過無數的團到馬來西亞各地吃貓山王和黑刺。到了聖誕節，更上金馬崙高原感受寒冷的氣氛。

如果能像澳門一樣讓人領取雙重國籍的話，我一定入籍馬來西亞，現在於市中心也買了一套房子，聽起來好像惹人羨慕，其實那邊的房地產便宜得令人不能置信，香港人買得起的大把。

這回重遊，目的和過往的完全不同，是去準備開書法展。為甚麼膽子那麼大？我在馬來西亞有一群廣大的讀者，都是由數十年前一位位「賺」回來，他們看了我的專欄，買了我的書，雖然都是盜版的，這回讓他們買一些真跡。

我也明白在馬來西亞做文化事業的不易，所以不大去追究版權，有一本盜《葷笑話老頭》縮小版，印刷精美，方便攜帶。我一直追查是誰，向他答謝，後來才知道是一個和尚，但他怕我告他，逃得無影無蹤。

第一次感覺到馬來西亞讀者的熱情，是我在一九九五年七月三號那天，《中國報》租了馬華大廈的三春禮堂，可以坐兩千人以上，為我舉行一次講談會。

當今已是「蘋果旅遊」的總經理王引輝記得很清楚，告訴我當年還帶了女朋友、現在的太太一起去聽。我沒做過此類的公開演講，怕到時忘記要講些甚麼，像做電台時的「死空氣」(dead air),只好把香港口才伶俐的老友何嘉麗帶了去,讓她做司儀,也以防口啞啞時她可以多插一把口。

當晚我早到會場,天下着雨,只有阿貓阿狗三兩隻來到,想不到近開場時,不但坐滿了座位和梯階三千人,更開放了樓上的視聽室六百位,已是四分之一世紀之前的事了。

經濟逐漸轉佳,出版事業也踏入正途,第一家付版權費的出版商叫「青城」,老闆何慕傑後來也成了好友,向他提起書法展事時,他拍胸口說將它辦好。

在甚麼地方舉辦?我一下飛機後他就帶我去看會場,好幾個經常舉辦的會堂都巡視過後,有個初步的印象。

到了晚上,我設一桌,宴請各方傳媒,還有時常去書畫展的友好,共同商議並向他們請教如何定售價,才不會不接地氣。

最後綜合大家的意見,還是在「中華大會堂」舉行較佳。地方我看過,甚有氣派,而且前輩們的展覽也多在這裏辦的,就那麼決定下來,時間訂在二〇二〇年四月二十八至三十號。

大多數的會展舉行得搭架子才能掛畫,要準備的東西太多了,距離現在還有點時間。怎麼裝裱？入鏡框好還是當掛軸好呢？字寫完在那裏裱？怎麼運到？都是一重又一重的問題。

好在集合了前幾次的經驗，有點頭緒，我生意上的拍檔劉絢強有特別人才辦理這種事，一位叫杜國營的是裱畫專家，已經即刻安排他走一趟，觀察各方面的難題，如燈光等等，研究後再向我匯報，一點點地按部就班處理。

吉隆坡開完會去檳城開，如果時間上配合得了，會接着去新加坡展出。

我在家休息的這段時間每天練，每天寫，一不合心意即刻撕掉。

從前藏下來的宣紙已用光，不買新的話不知價錢，才發現便宜一點的紙，都不吸墨了，有的簡直會把好筆磨壞。

不過不管那麼多了，有多貴買多貴的，字寫得不好，最少紙、筆、墨都要一流的才對得起人家。

至於內容，還是依照上幾次的展出，以輕鬆的字句為主，說教性的一律不寫，古板的也不寫，心靈雞湯式的更是討人厭，當然不寫。

每次和同好集會，都會問他們有甚麼好玩的句子，這回也得到幾個，分別是「一向不正經」、「只限土豪」、「大吃人間煙火」等，好玩好玩。

順便賣一個廣告，如果有甚麼指定的字句，也可以預早訂購，向何慕傑兄提出即可。他的手機號碼是 +601-2229-1862。

# 新巴剎

巴剎，從中東語 Bazaar 翻譯過來，是市集，在南洋是菜市場的意思。

新加坡從前有三個大巴剎，老巴剎、鐵巴剎和新巴剎，母親帶我去得最多的是新巴剎，現在提起，好像聞到很多複雜的味道，蔬菜味、藥味和書香，後者是因為有位同鄉，姓吳，在那裏開了一家「潮州書局」，媽媽當校長時，下課後常常去採購一些文具，我就乖乖地在書店一角看書，從兒童書看起，到雜文、小說和文學翻譯，甚麼都有，一拿上手就放不下。

吳老闆甚愛國，也愛黨，之後，就回國搞革命去，把書店留了給他的外甥，我們照去光顧，事情辦完，就順便買菜回家。

印象最深的是一檔可以買到「鹹酸甜」的，甚麼叫鹹酸甜？就是潮州的一些送粥的小菜，新巴剎一帶住的都是潮州人，當然也把潮州的飲食習慣從中國搬過來。當時潮州人窮，也老遠地「過番」到南洋來謀生。人一窮，吃不起飯，惟有吃粥，而需要一些很鹹的東西來送，吃一點點就可以送很多粥，錢就省了下來。

東西雖然便宜，花樣可真多，首先看見的是「錢螺鮭」，這個鮭字正字是「醢」，讀成Kuai，是把小螺醃製而成，也就是寧波人的黃泥螺，不過潮州的殼薄，不會吃的人一下子咬破，應該用舌尖捲起，吸了進口，把螺的內臟留在殼裏，其他全部吃下的。肉也比黃泥螺的軟，不會起渣。

兩個地方都沿海，都窮，下粥的小菜有很多相同的地方，寧波人醃製的小蟛蜞潮州也有，形狀和普通螃蟹不一樣，像大閘蟹更多，是個迷你版。一剝了殼，裏面還有很多膏。銅板大的那麼一小隻，膏當然也極有限，但只要那麼一吸，一小口膏的香味極為濃厚，一下子送一大碗粥。

我對烏欖也記得很清楚，和西洋欖種類不同，兩頭尖，非圓形，核亦然，裏面有仁，極香。烏欖用鹽水煮過，再醃製，時間和過程要控制得極準，不然就是太硬或太爛。醃製得好的烏欖，有陣奇特的香味，從前都不介意甚麼衞生不衞生，自從有人吃出毛病來後，就很少去碰，偶爾在九龍城看到也不敢去試，非常懷念，明天就去買回來吃，管他拉不拉肚子吧。

你說的烏欖不就是黑欖菜嗎？當今各雜貨店都有得賣呀。不同不同，黑欖菜用的黃綠顏色的青欖重鹽醃製。從前上環潮州巷有一家人做得最好，當今已找不到，都是大陸貨。偶爾九龍城的「潮發」雜貨店也會自己做，如果你買回來試，便會發現有一股黑松露醬味，兩種食材，價錢相差十萬八千里，都是吃不吃得慣，感不感到珍貴的差異而已。

還有深綠色的麻葉，那是把黃麻的嫩葉用滾水煮過，再加醃過鹹酸菜的汁來泡浸，這汁有多種氨基酸和酒石酸，浸過之後會產生很可口的風味。通常買回家後用蒜油炒它一炒，再加點普寧豆醬就能當小菜了，吃不慣的人不覺得有甚麼道理，我在九龍城一看到，就會向朋友說這是大麻的葉子，大家一好奇，就會試了，但不會再起甚麼幻覺。

再講下去，三天三夜也說不完，我早年去潮州，在酒店吃早餐時送粥的小食，只有十來種，心不甘願，到菜市場自己去採購，結果買了一百碟，排起吃糜陣來，至今還被張新民等人當為宴請外賓的一種儀式。

再說回新巴剎，走到前頭，還有間做大戲的劇院叫梨園，已沒有人會記得了，我去當年潮劇已沒落，劇院改為一幢商場。在那裏經常遇到我家的遠房親戚，也姓蔡，肚皮巨大，腰間有條很粗的皮帶，皮帶上有幾個長方形的小錢袋，可以把一生儲蓄藏在身上。這條皮帶非常精美，如果還留到當今，那是一件藝術品，纏着到外國去，一定被洋人投以羨慕的眼光。

這位親戚是個甲魚大王，他有隊伍在馬來西亞專抓野生甲魚，時常把最巨大的拿來給媽媽做菜，當年不認為有甚麼特別，現在可以當寶了。

他有一個兒子，叫照枝，我們一直叫他照枝兄，可是位風流人物，家裏一有錢就去蒲酒吧，後來生意轉淡，他跑去駕的士，一連娶了兩個老婆，還照蒲酒吧。

從潮州書局再走前，大路邊就是同濟醫院，這是南洋最早的慈善機構，免費為人看病，但抓藥可得到後面那條街的「杏生堂」。我小時也老生病，記得藥是一帖帖買的，不像當今一開七八帖。用玉扣紙包着草藥，外面用水草打了一個十字結，藥方摺疊成長條，綁在水草上，頗有藝術品的感覺。

同濟醫院旁邊的小吃攤最多了，出名的是一家滷鵝，與其他潮州酒家不同，他家用的汁味濃，滷出來的鵝肉黑漆漆，但香氣撲鼻，肉亦柔軟，充滿甜汁。也有一兩檔賣炒蠔烙的，還有榨甘蔗汁，近來常夢到新巴剎，走去尋找，只剩下同濟醫院這座老建築當古蹟保存下來，其他被夷為平地，起了高樓大廈。此新加坡，已經不是我的新加坡，除了拜祭父母，不去也罷，沒有甚麼值得懷念的了。

# GLORY

這次去新加坡，主要是為《蔡瀾家族II》這本書的促銷做講座，上回在《蔡瀾家族I》出版時也做過，很成功。老友潘國駒教授為我在「醉花林」潮州菜館的演講廳主辦，我和姐姐蔡亮、弟弟蔡萱、姪女蔡芸一齊上台，回答讀者的問題。

講的是我們記得的新加坡，那個寧靜的小島，許多味道正宗的小吃，還有濃濃的人情味，就隨着時代消失，乘這場演講，留下一個記錄。

還有嗎，我們當年吃的東西？有，有，要努力去找，其中一間我每次去新加坡必吃的，是家叫GLORY的餐廳，這裏賣的有馬來人做的飯菜和咖喱，馬來人受了中國文化影響後做出來的薄餅，又有從泰國傳來的米暹等等，數之不盡，讓我一樣樣細敘。

在店外，擺了很多小吃，由印尼甜品變化而來，一顆顆魚蛋般大的餅，餡是加糖的椰子蓉，用麵粉包了再烘焙出來，特點是這顆餅有個蒂，用丁香做的，整顆吃進口，細嚼之後的味道變得複雜，不是一般西方甜品能做出來的。

走進店裏，玻璃櫃後擺着多盤的餸菜，有濃郁的椰漿雞、亞參魚頭、辣椒炒秋葵、炸江魚仔花生、巴東牛肉、咖喱羊肉、炭燒魷魚，花樣之多，數之不盡。客人可以向店員指指點點，他們就裝了一碟白飯或椰漿飯，把各種菜加進碟中，最後替你淋上咖喱汁，另加一匙馬來辣醬 Sambel。別小看它，這是極難做得好的醬料，先把蝦米舂碎，加指天椒、大蒜、紅葱頭，爆炒香了做出來。其實甚麼菜都不必加，單單吃這辣醬，已能吞下三大碗白飯，但依足馬來傳統，白飯不必多吃，一小包就夠，這便是馬來人的早餐 Nasi Lemak 了，調皮的人稱為辣死你媽。

另一邊，在大鍋中煮着的蔬菜，是用來包薄餅的餡，這是馬來人向福建人學的，福建薄餅主要的材料蘿蔔，早年在熱帶難找，就用粉葛來代替。薄餅皮也經過改良，下了蛋白，其他配料當然把豬肉除去，因為馬來人是不吃的，保留了蝦、炸乾葱、豆芽、雞蛋碎，又用大量辣醬來調味，這種馬來薄餅的味道極佳，吃個兩三條面不改色。試過請廈門來的友人品嘗，他們也覺得另有一番風味，又和台灣人做的薄餅不同，台灣的加了大量白糖，其他地方的人還是不太吃得慣。

另一道必點不可的是米暹 Mee Siam 了，第一個字來自麵，第二個是暹羅，當然是來自泰國，但在泰國又吃不到，是馬來人改良後的獨特滋味。名字的麵，則用米粉來代替，用亞參汁和辣醬處理過，故帶紅色。吃時淋上特製的湯，帶着酸甜，以蝦殼蝦頭熬出來，上面鋪着豆腐乾碎和生的韭菜段，另有一顆煮熟的雞蛋，最後加上一大匙辣醬，仔細一吃，還吃出潮州豆醬來。另有一粒切開的酸桔，和檸檬完全不同的酸味，只在馬來西亞、泰國和印尼能找得到，擠出汁來淋上，一碟米暹就完成了。好不好吃很靠辣醬做得好不好，整體的調味也很重要，在新加坡各個熟食檔的小販也學做過，完全不是那麼一回事，要到這家人吃過才明白甚麼叫正宗的米暹。

另一種馬來麵叫 Mee Rebus，和湯麵、撈麵及炒麵完全不同，有點像大滷麵，主要是把福建油麵燙熟了，上面加雞蛋、豆腐碎、豆芽和炸紅葱頭等等，味道來自那濃濃的醬汁，帶點咖喱味，又與印度咖喱完全無關，是個性很強的馬來風味。

最能引起兒時回憶的是馬來炸豆腐 Tahu Goreng 了。做法是這樣的，用一個做羅惹的大陶缽，放生的蒜頭、紅葱頭和指天椒下去，再用一管木製的杵把上述的材料舂碎，另下大量炸花生，也舂碎，加椰子糖，亞參汁和蝦頭膏，最後把這種濃漿淋在一塊炸豆腐上面，豆腐炸得皮脆肉嫩，再拌上濃漿，真是刺激死人。小時候吃的指天椒下得多，辣得連口水都變成長條，當今大家都受不了，沒那麼辣，但還是極好吃的。

我叫了一桌菜之後，還是沒有忘記是店裏的Otak，唸成烏打烏打，馬來人不用S字來去當複數，一條叫烏打，兩條就是烏打、烏打了，英文寫成Otak$^2$，烏打上面加一個平方，非常合理。

店裏的烏打是把魚頭的肉剝了，加上椰漿和香料，用椰子葉包着，在炭上烤熟，非常美味，和一般中國人學做像魚餅般的烏打不同，但吃時要小心，時常有碎骨。

接着是甜品了，在這裏可以吃到味道最香濃的Cendol，試過之後你就知道越南和印尼的完全比不上。店裏還有叫為娘惹粿Nyonya Kuih的，有Kueh Ko Swee、Apom Bokwa、Kuih Dadar等，印象極深的是一種綠色小丸子，外面黏着椰絲，放進口一咬，啵的一聲，香濃的椰糖漿噴出。

另外有當今別處罕見大菜糕，馬來語叫為Agar Agar的，有綠色的檸檬味和紅色士多啤梨味，把大菜糕煮滾後，在雞蛋殼打一個洞，倒出蛋，洗淨，再將大菜糕倒進去，做成一個個甜品。

GLORY在一九五四年成立，老闆是不會講中國話的華人，死守着產品，一成不變。我帶過很多吃遍天下的食客去吃，一致讚好，說是新加坡唯一最正宗的味道，因為還有一個「真」字。

地址：139, East Coast Road, Singapore 428829

電話：+65-6344-1749

星期一休息。

# 幾家新加坡食肆

回新加坡拜祭父母，一家人點了香，燒了衣，拜祭完畢，之後便去大吃一頓，這是慣例。

上次去做《蔡瀾家族II》的演講時，好友何華兄帶過我去一家潮州餐廳，叫「深利美食館」，印象甚佳，這回就和姊姊、大嫂、弟弟、姪女們去試，大家都說好吃。

老闆也姓蔡，叫蔡華春，蓄着小鬍子，戴粗黑框眼鏡，熱情相迎，捧出花生來，潮州人做的是軟熟的，我最愛吃，比炸的美味。上次來時，蔡老闆問我意見，我說可以加滷鵝的醬汁，這回果然吃出來，可以送啤酒三大杯，吃完一碟又一碟。

農曆新年將至，新加坡有吃「撈起」魚生的習慣，這是廣東人的習俗，潮州餐館做的魚生是常年都吃的，問他有沒有，蔡老闆點頭，捧出一大碟來，用西刀魚做的，這種魚只產於南洋，非常活躍，跳起來像一把西洋彎刀，故稱西刀魚，做魚生最肥美。這裏依照古法，另上一碟伴菜，有中國芹菜、白蘿蔔絲、胡蘿蔔絲、老菜脯絲、小酸柑等等。醬料也依足古方，除了醃製一年以上的甜梅醬，還有更難得的豆醬油，那是用普寧豆醬磨過後加麻油製成的，只有老潮州人才會欣賞。

第一碟一下子被大家搶光，再來再來，又吃得乾乾淨淨，姪女蔡芸和麻將腳老謝都是留學日本的，深喜魚生，吃得高興，老實講，潮州魚生不比日本的差。

蒸魚繼續上桌，這回叫的不是鯧魚，而是馬友魚尾，很肥美，也是古法蒸出，有大量高湯，一大碟可當餸菜，也當湯喝，潮州人蒸魚，叫炊，湯汁一定十足。

其他菜還有蝦、豬腳凍、燴海參、魚腸等等，都有水準。蔡華春五十歲左右，這個年齡剛好向父親學到古派菜，再年輕一輩就不行了。

最後是鍋燒甜品，山芋、芋頭、白果、番薯等等，吃得酒醉飯飽。

地址：Blk 115 Bedok North Road, #01-285, Singapore 460115

電話：+65-6449-5454

賬單來了，我想付賬，姊姊說媽媽過世後留下一大筆錢，成為了我們的公益金，拜祭品也從這裏拿出來，媽媽實在厲害，生財有道，走後還替我們做好安排。

吃完飯到誼兄黃漢民家，他們都是天主教徒，不能上香了，只在他遺照前鞠了三個躬。

接着便是到弟弟家大玩台灣牌，十六張，成員有老謝、小黃和麗莎，玩個天昏地暗。麗莎是個高爾夫球名將，她身高六呎二吋，人又漂亮，帶她去做我的保鑣最適合。有一回和倪匡兄去星馬，也由她護駕，熱情的讀者衝上來，都被她一手擋着，比甚麼尼泊爾保鑣都在行，羡慕死那些有錢人。

翌日，本來想去吃黃亞細肉骨茶的，但是 Fullerton 酒店的自助餐實在誘人，中日西餐齊全之餘，還有當地小販餐，像印度人的咖喱煎餅、馬來人的椰漿飯，都很正宗，我喜歡的是煮雞蛋，煮雞蛋又有甚麼好吃？新加坡的吃法不同，煮個半生熟，用小鐵匙一敲，蛋分兩邊，把蛋黃挖掉，淨吃蛋白。小時被熟蛋黃嗆到，留下陰影，所以只吃蛋白，而蛋殼中留下的蛋白，一般都不夠多，我的經驗，是把蛋浸在滾水中，浸六分鐘最妙，蛋白夠厚，下了又濃又甜的醬油，撒上胡椒，用小匙一匙匙挖來吃，實在過癮得很，別處吃不到這種做法。

約了 Jenny 去剪頭髮，她本來在一家叫 Michelle And Cindy 的理髮店做，邵氏大廈翻新時被逼遷，後來這班女人被香格里拉酒店的美容院收留，做了下去，當今又加租，再遷移，搬到 RELC International Hotel 去。

地址：30, Orange Grove Rd.

電話：+65-6885-7888

敷上熱毛巾之後，Jenny 用那把鋒利無比的剃刀，把鬚根沙沙聲刮掉，最後連耳朵深處的毛也一根根剃了。做完臉部按摩，再全身按摩，這種快樂無比的享受，不是親身經歷過是不知有多好。我向理髮店的老闆說：「好好保留，這些技師都是新加坡國寶！」

剛好是弟弟蔡萱的生日，跑到餐廳和熟食中心買外賣，要了他愛吃的胡椒炒蟹、羊肉沙爹、福建炒麵、印度羅惹，大包小包地帶到他家裏，眾人又吃得飽飽，讓他過了一個快樂的生日，吃完，當然又是打台灣牌三百回合。

第二天要回港了，好在是中午飛機，還有時間，就請姪兒阿華載我去吃個午餐，當然是加東區的 Glory，但還有時間，又到每次想去又去不成的加東叻沙吃一頓。當年，最著名叻沙店開在一間叫 Roxy 的戲院後面，當今已改建成一座商業大廈，叻沙店也開了多間，其中之一在對面，Roxy Laksa 的名字不能註冊，就叫 328 Katong Laksa。

老闆娘很摩登，是「經典新加坡環球夫人」的得主，店裏貼滿她的照片，香港明星不乏，更有著名的 Gordon Ramsay，仔細一看，我多年前來拍特輯時的照片，也殘舊地擺放着。

叫一碗來試，先喝一口湯，的確與眾不同。叻沙的秘訣，在於椰漿湯，而椰漿不能滾，一滾椰油的異味就走出來，自己做咖喱或椰漿湯時，切記這一點。

除了叻沙之外，有椰漿飯和烤魚漿的 Otak-otak，都美味。

叻沙的靈魂在於新鮮剝開的蝌蛄，新加坡之外的叻沙都沒有加入蝌蛄，在新加坡吃，也下得很少，只有幾粒浮在湯上游泳。

328 Katong Laksa 的好處是蝌蛄可以另叫，我要了五塊錢坡幣，裝在另外一個湯碗裏面，一撈，一大匙一大匙的蝌蛄，吃個沒完沒了，過癮，過癮！

地址：51 East Coast Road, Singapore 428770

電話：+65-9732-8163

# 薰衣草熟食中心

家母喪禮，辦在新加坡殯儀館，附近有一熟食中心，英文叫為 Lavender Street Food Centre，薰衣草街，我頗愛此名。

一共舉行了五天，讓親友憑弔，我們一家輪流守靈，肚子餓了就去那裏吃東西，當成飯堂。

新加坡地道小食應有盡有，那麼長的時間下來，試完所有攤檔。

有家人賣福建薄餅，這是我最喜歡吃的，小時隔壁住了一家福建人，為父親的世交，有位小女兒，也許是想長大了和我成親，整家人一直教導我福建文化，包括方言、風俗和食物，故我的閩南語講得比潮州話流利。

印象中，他們家的薄餅最美味。包薄餅為一大事，過年過節才舉行，準備功夫很花時間，會用上兩三天。當今的福建家庭已少人做，只有在台灣和星馬才有看到，在熟食中心看見，大喜，即叫兩條。

主要的材料是虎苔，是種香味很重的乾海藻，新加坡難於買到，當然不放了。也嫌白蘿蔔以粉葛代之，其他配料也能省即省，做出來的薄餅樣子很像從前的，但吃起來不是原味。為懷舊，勉強食之。

也有雲吞麵賣，那裏做的和香港的不一樣，但也分湯類和乾撈，我喜歡後者，有南洋特色，保留豬油，並加上了豬油渣，更是好吃。但是在熟食中心嚐到的，麵條應是由製造商大量生產，無麵味，亦少鹼水，軟綿綿不彈牙，吃了也大失所望。

另一檔是賣豬雜湯，這種潮州小吃到了汕頭也試不到原汁原味的了，這裏賣的更是不知所云，友人見我皺眉頭，說附近有家老店，才是正宗。

即刻由他帶去，一看門面，有兩個大鍋，熬着湯汁。我一看以為對路了，叫了一碗來吃，剛喝一口湯，就覺得不對勁，是比在熟食中心的夠味，但是絕非從前的豬雜湯。

豬雜湯有兩種最重要的食材，那就是豬血和珍珠花菜，此店全無。

「為甚麼湯裏不放豬血?」我問店裏的人。

「政府不准許。」這個答案倒是我沒有想到的。

「那麼珍珠花菜呢?」

「已經沒甚麼人種，很難找了。」

難找，並不是代表沒有，那麼重要的食材，那麼濃厚的味道，一放少了，等於失去了靈魂。為甚麼不可以努力一點？在偏僻一點的地方找一小塊地，自己種呀，豬雜湯全靠它了。

「我們從前吃豬雜湯，豬肚還要用水來灌，灌到脹起，外層和內層之間的纖維像透明一樣，才算標準。」我回憶。

小販不屑：「沒聽過。」

「那麼你們的湯熬的是甚麼？」我問。

「全是排骨呀。」

我搖搖頭：「你們還是改去賣肉骨茶吧。」

有一餐想吃素，認為親人逝世，吃齋好過吃肉，就去找。發現整個熟食中心沒有一攤賣齋的。這也不奇怪，要碗白飯好了，弄點蔬菜就行，但友人說：「也許用豬油炒的呢。」

也就作罷，但到底乾吃白飯不行，來點醬油吧，見有一攤賣海南雞飯的，醬油又濃又甜，我向店裏一名年輕男子說：「我並沒有買雞飯，但可以不可以給我一點醬油？」

那個男的很友善，點點頭。

剛要把醬油淋上時，那一檔人來了一個中年婦女，氣沖沖倒頭大罵：「你沒有幫襯，不可以吃我們的醬油！」

對不起，對不起，只有拼命道歉：「給你錢行不行？」

那女的也不睬我，走開了，新加坡人友善的印象，一掃而空。

再來又吃蝦麵、福建炒麵、叻沙、滷鵝、各種小炒，整個熟食中心，沒有一種可口，一切食物，有其形而無其味。

看見了有一檔賣冰，就要了一客。新加坡的紅豆冰像台灣的刨冰，碟底下放了煮得很甜的紅豆和亞答子，亞答子是一種棕櫚科的種子，半透明，很有咬頭，用糖水煮了，也很甜。

上面鋪了很多刨冰，用手一壓，成山形，在上面淋了又紅又綠的糖漿，又加煉奶而成。

小時候吃的是下了椰糖，椰糖很香，當今的如果客人要椰糖，可多加五毛。五毛就五毛，一吃之下，對味了，只有這種刨冰，才維持小時候的味道，也許是做法有那麼簡單就那麼簡單，味道再變，也變不到哪裏去之故。

魚丸、釀豆腐等，全是統一大小，據説要領執照才能製造，味道也不會好，或壞到甚麼程度，只是不標青而已。

不能説完全失去，還有寥寥可數的幾檔小販堅持着，我下一次去，只能老遠地跑到那些檔口去吃了。一般的所謂熟食中心，可免則免，非去不可的時候，還是會去的，一邊吃，一邊罵。粗口，變成了佳餚。

# 歸鄉

本來，在清明時節要回新加坡拜祭父母，俗事纏身，一拖再拖，到了陽曆六月底才動身。

這回同行的有友人盧健生和太太及公子，他們要去新加坡展示新產品，講好一齊吃個飯。

抵達之後有如一貫，在弟弟家打台灣麻將，當天適逢他的七十一歲生日，兒子和媳婦特地買了一大堆他愛吃的小食，有福建炒麵、馬來沙嗲、烏打 Otak-otak、各種海鮮蒸炒，以及馬來西亞榴槤等等水果為他慶祝。

這些東西也是我愛吃，但是都已經有其形而無其味，和我小時候吃的完全不同，只剩下榴槤原汁原味地從馬來西亞運來。

新加坡小吃一向著名，七八十年代有個叫 Car Park 的小販集中地，各國外賓來吃過，都念念不忘，後來搬去了 Newton，就每況愈下，一些海鮮更是專斬遊客，價錢貴得不合理了。

可是當地人每天都要吃呀，真的沒有了嗎？也不是。只要你懂得去尋找，還可以尋回小吃的記憶，但這是每一個人都不同的，也許遊客們不以為然，但是對於我們這些老新加坡人，小食還是比得上山珍海味。

外國人也不是完全不會欣賞，但根基於甚麼，他們才說好吃呢？很簡單，就是比較呀，真的味道，大家都吃得出，外國人並非每一個都是傻瓜。

舉個例子，一個早上我帶了盧健生和他太太去吃肉骨茶，這是他們最喜歡的新加坡食物，我每次和他們去香港的南洋料理店，他們必點此味。

好的肉骨茶在新加坡還有不少，新加坡人各有他們喜歡的檔子，一談起，那家最好吃，就要爭吵起來。有的說中峇魯的那家沒人比得上，有的說他們家附近的小販中心的還是有古早味。

不必猜測，我帶了他們去仰光路的「黃亞細」，這家老字號以香港特首也被拒絕而聞名，其實那是因為訂座時因大批的保安人員同行，當天因而招呼不到，後來曾先生也到了，不像流傳中說沒去過沒有吃過的。

早上七點鐘抵達，天氣清涼，我們坐在靠近街邊的桌子，盧兄也覺得環境十分幽靜，我說昔年屋旁還有一排大樹，樹影下進食，更是美妙。

幾乎把整間店的食物都點，排骨分幾個等級，我們要了一根根排骨帶少許筋肉的。另有豬腰、豬膶和豬尾。還有滷豬皮，許久未嘗此味，的確好吃，如果有豬紅的話，那才是一流。我們又要了「菜尾」，從前是用雜菜煮的，當今改成了潮州鹹酸菜。

盧兄一嚐過湯，大叫不同，一下子喝光了，碗底還有了許多胡椒末，店裏的人說可以添加，馬上要了，但到底沒有第一碗那麼香濃。又試了所有的食物，吃得津津有味，大喊比香港吃到的好得多。

這就是我所謂的比較了，沒有比較，就不知道有上層，可惜的是當今的年輕人不去追求，在沒有要求之下，食物只有越做越差。

我向盧兄說，下次一起去馬來西亞的巴生吧，那裏有一家叫「德地」的肉骨茶，一走進去就看到一個雙人合抱的大鐵塔，裏面一排排的排骨，一疊搭一疊，整個鍋都是，只有少許的濃湯。那家人，如果向他們要湯，即給店裏的人說：那麼多排骨煲那麼多湯，那裏有剩餘的可加？要多湯就多買一碗排骨。

拜祭完父母，依慣例，一家人一齊吃飯，請客的是我媽媽，她人已走，怎麼請客？原來她經營有道，遺下一大筆錢，臨行吩咐一家人聚會時全由她請客。

去的是「發記」，這家老潮州菜館最早時也做到會，爸媽的生日，都請他們來家做菜，帶來了鐵皮，鋪在家中花園草地上，生了炭，就那麼把乳豬烤起來。

現在這家人已由廈門街的老店搬到香格里拉酒店旁邊的大廈中，有許多熟客說甚麼李老闆專心做乾鮑生意去，店的水準大不如前，但盧兄一家吃了大叫好，尤其是那蒸鯧魚。我也試過當今新加坡人推薦的一些新潮州館子，但是比較之下，還是「發記」。李老闆媽媽煮的那道叫「肴肉白果芋泥」的甜品，有厚厚的豬五花腩，又甜又鹹，是別處找不到的。

地址：RELC Building, 30 Orange Grove Road, #02-01, Singapore 258352

新加坡還有一種獨特的沙律，用蝦膏、酸子汁、花生末混在一起，拌着粉葛、青瓜、菠蘿片吃叫羅惹。想起那家叫「豪華羅雜」的老字號，即刻去找來吃，可惜當天關門，我心中一涼，以為完了，原來只是星期二循例休息。

地址：Block 90, Whampoa Drive Makan Place, #01-06, Singapore 320090

還有賣雲吞麵的，和香港的完全不同，下大量的豬油渣，好吃得不得了，叫「金記丹戎禺」。

地址：Block 4A Jalan Batu, Jalan Batu Market and Cooked Food Centre, 01-18, Singapore 432004

老味道真的要努力去找，也要努力保存，千萬別自大，有一個賣豬雜湯的跑來挑戰我，說他做的比老一派還要好，叫我去試，我問他：「你們有珍味花菜嗎？你們有豬血嗎？」一下子把他的嘴巴堵住了。

# 耶加達之旅

和「國泰假期」的友誼，建於十多年前拍的《蔡瀾嘆世界》，當時的電視節目是由他們獨家贊助，自此關係良好。

前一任掌舵人九肚魚人瘦長，但怎麼吃也吃不飽，當今她調任高職，接管的董事總經理李彥霖，原來是國泰駐印尼的代表。我一聽，對路了，到耶加達去，不問他問誰？

決定大家開一條印尼的新線，就和他一起去探路，很多餐廳都由他推薦，事半功倍。

友人常問我：「耶加達那麼近，你為甚麼不一早組團去走走？是不是吃的沒那麼好？」

剛好相反，印尼的飲食文化有很長遠的歷史，變化也多，在東南亞料理來說，是最豐富的。至於為何沒想到要去，是耶加達的交通，一堵起車來，很近的距離也要一小時，絕不出奇。這次行程，我的要求是：所有餐廳都得集中在一區，從酒店出發，吃完了回來，回來後又去吃。除了購物，任何地方都不去，有沒有這種把握？李彥霖拍胸口，說交給他好了。

從赤鱲角到曼谷、西貢等地，只要兩個小時，飛新加坡四個小時，印尼在新加坡西南面，得再走半小時，路程不算近的。

早上十點出發，加上時差一個鐘頭，抵達時，已是下午兩點了。馬上到機場和旅店中途的餐廳去吃。試的是巴東菜，最為港人熟悉的巴東牛肉，就是來自此地。

巴東菜的特色為把所有佳餚都煮好，一盤盤放在架子上，客人看到甚麼喜歡的就點甚麼，師傅加熱後拿到桌上來。

這一下子可好，肚子一餓，一叫就叫了三十多碟，一樣樣仔細品嚐，把最好的記下。同行的「國泰假期」特別項目及團體銷售經理黎婉兒，她也是又瘦又長，但比九肚魚更厲害，永遠吃不飽，一一記下。

還有拍檔蘇玉華及各雜誌記者及攝影師，一隊人浩浩蕩蕩，將所有食物掃光，沒浪費。

吃完了這家巴東餐廳，又到附近的另一間去。巴東菜種類多，不叫重複的，也試不完。在其中選一家最好的。

所謂的巴東牛肉，像四川的擔擔麵一樣，各家做法都不同，有的乾癟癟，有的水汪汪，但說到正宗，總有個譜。與來自巴東的大廚研究一番，他說正宗的，應該是乾的，先用各種香料把牛肉醃製過，再慢煮。

「慢煮？」我說：「原來你們早就懂了，不是洋人發明的。」

大廚點頭：「一般說至少三個鐘，但這要看牛，不能一概而論，我通常要花四五小時。洋人慢煮，至少七八個鐘。但是他們是一大塊肉去慢煮，我們切開，不用那麼長的時間。材料主要的當然是紅辣椒和味道重的香茅，接着有大蒜、薑、南薑、洋葱、芫荽根、茴香、肉桂、黑胡椒、月桂葉、丁香、羅勒子、青檸檬葉，別忘記加點刺激性的蝦膏和濃黑的醬油，我們叫 Kecap Manis。」

「不下椰漿嗎？」

「你不說我都記不起。一定要用鮮榨出來的老椰子椰漿，這是最後才加的，不能滾，一滾，椰油味跑出來，會破壞整個巴東牛肉的味道。」

「是的，很多人不懂得這個道理，其實煮新加坡叻沙，也是一樣，椰漿不能滾。」我同意。

巴東名菜還有炸雞，肯德基也炸，就和巴東的有天淵之別，大廚一面炸一面用剪刀剪開裏面的部份，讓整隻雞炸得乾脆。

另有海帶綠咖喱、魚頭、辣椒茄子。煮的巴丁魚肥得很，非常好吃。豆角素菜也美味，黃薑牛筋很特別，臭豆炒蝦、炒生大樹菠蘿、酸雜菜、雞蛋咖喱等等，還有一種不是人人敢吃的炸牛腦。

還有吃不完的甜品，蘇玉華看到懷舊的冰棒，一連吃了四五枝。捧着圓圓的肚子，進城。

剛好遇到繁忙時間，這次可要遭老罪了，耶加達一塞車，不是開玩笑的。

交通問題是人為的，曼谷從前惡名昭彰，但建了幾條高架，疏通了。首爾設電子管制，又有巴士專線，也解決了。

耶加達也想出種種方法，像要進入市區，一輛車必須有三個人以上的乘客才行，不然將受罰款。

上有政策，下有對策，就造成了馬路上的怪現象，你經過時，會看到街邊站滿人，有的舉着一根手指，有的二根。

這叫「租人」。只要付十塊錢港幣，就可以租到人頭，來填滿每輛車必須有三個乘客的配額。那些舉起兩根手指的婦人，懷中抱着個孩子，算兩個頭。舉一根手指的真是莫名其妙，多此一舉。

當然，客人會挑些外貌清秀點的，尤其是少女，最吃香的了。

沒有想像中那麼壞，三十分鐘後抵達下榻的酒店。車輛進入要受嚴密的檢查，客人也得經過像機場的X光機，方能走入大堂，安全措施做得十足。

放下行李後，再去視察其他最高級的酒店：凱悅，大堂宏偉，但房間普通。賽賓斯基最新，房間沒有老派的豪華，也無新派的抽象。Ritz-Carlton 有兩家，新的那間房間特別大，可以考慮。

我們下榻的文華，建築物已舊，只幾層高，勝在最近才完全重新裝修，而且比普通房高一級的 De Luxe 夠寬暢，特點是耶加達最大的購物中心就在對面。

走進商場一看，所有名牌林立，但我們不是去買那些東西的，專賣印尼產品的有好幾層，應有盡有。另一間土產中心路程遠一點，也看過，東西貴得不合理，是斬遊客的地方，不會去了。

印尼貨幣叫盾，數目大，但只要遮去後面的三個零，就是港幣了，很容易算。

晚上，到一間裝修得古色古香的皇室料理餐廳，吃的是與巴東菜完全不同的東西，價錢不菲。

先上的一道沙爹就懾住人，一個五六呎長的木盤，放着各色各樣的沙爹，有的用竹籤串起，有的用香茅，有的用甘蔗，沾的醬料也各異。接着是咖喱，總之吃個沒完沒了，都是在香港嚐不到的。

這次主要的目的，是讓香港的客人知道，印尼菜不止是那麼簡單的，整個印尼有一萬七千五百零八個島，其中六千個可以住人，人口二億三千萬，是世界上第四個居民最多的國家。又有長遠的歷史，近三百五十年受荷蘭統治過，但是到了荷蘭，發現印尼菜反而變成荷蘭的國食，你可以想像它的文化是多麼地優秀。

我們在接下來的那幾天，非常努力地吃完爪哇、蘇門答臘、蘇拉華西、加里曼丹、峇里島等等地區的佳餚，已經不一一枚舉，下次帶團來，選出最精緻的，讓大家好好享受。

吃的有了把握，但繁忙的交通，是我們控制不了的。對策是：入住一家市中心的酒店，所有餐廳都選在方圓兩三公里之內，購物商場亦是。總之，吃完睡，睡完吃，車怎麼塞，也不會花上半小時，進出都是有冷氣的地方，天氣怎麼熱也不怕了。

還有一種令人身心舒服的事不可不做，那就是印尼式的按摩。我們找到一家最高級的，可以享受爪哇按摩和峇里按摩，與泰國的不一樣。團友們做得過癮的話，可以犧牲一個午餐，從早做到晚。地方乾淨高貴，許多印尼政要都是常客，可以放心。

至於早餐，總不能老是在酒店裏食，徵求了當地老饕的意見，找到一家叫 Gado Gado 的，去試過，印尼式的叻沙最為出色，炒飯炒麵皆佳，已忘記了吃加多加多了。

已到尾聲，可以組織一下了，黎婉兒最為細心，已有記錄參照。我們商量後，覺得好吃的餐廳太多，三天的旅行是不夠的，決定了四日的節目，行程表如下：

第一天，抵達後先來一頓巴東大餐，食物有二三十種，先上兩尾大頭蝦，鎮一鎮胃。接着入住酒店，休息一下，再到皇家餐食肆去大吃一番，地方堂皇，東西好吃，保證滿意。

第二天，早餐於酒店吃，中午到峇里餐廳去吃「污糟鴨」。所謂污糟，並非指食物，峇里島人養鴨子是放生的，時常跳上餐桌上，弄得桌布一塌糊塗，因此名之。除了傳統的炸，還來煙熏，各半隻。不吃鴨的客人另外安排別的肉類，該餐廳的甜品羅宋批非常出名，不可不試。

中午購物，晚上到一家著名的爪哇餐廳去，一下子推出一個大得不得了的黃薑飯，上面鋪滿佳餚，大家一定會哇的一聲叫出，接着另有無數的魚肉和甜品。

第三天，早上和大家出外吃早餐，印尼式的炒粿條和檳城的一樣，配料特別多，又有沙律、叻沙和印尼炒飯等等。

接着去按摩，早上和下午皆可安排，中餐在一家殖民地色彩的高級餐廳吃傳統印尼餐。

晚上壓軸的是蘇拉威西菜，有辣有不辣，包香葉的海鮮很著名，其中有一道是包着魚春的，吃了令人難忘。店裏菜式特別多，安排了十幾道佳選的，客人還可以自我挑他們愛吃的任添，甜品一流，榴槤冰吃個過癮。

第四天早上在酒店吃，中午吃 Manado 地方菜，炸香蕉的甜品與星馬的不同，非常美味。

中間當然有名勝的觀光，那是自由行，喜歡的人參加，不然在酒店睡大覺或做水療，接着去機場。

四天行程很快就過去，回來之後，可以告訴朋友，甚麼是印尼菜。

# 生活在峇里島上

兒時，家中擺着一個木刻雕像，是個男人，耳邊插了一朵大花，工細得不得了，木頭又好，摩挲之後發出光澤，印象頗深。

問來源，是爸爸遊峇里島得來，說不值錢，通街都是，順手帶返。

「為甚麼男人也插花？」

「峇里島的女人耕田，做家務，丈夫游手好閒，整天只懂得鬥雞，但是很有藝術性，在田裏挖到一塊泥就雕塑起來，乾了成為石像，女人非常欣賞，將一朵花插在他的耳旁。」爸爸解釋。

天下竟有這種事？

長大後去玩，發現父親沒有騙我，踏入峇里島後，就像進到藝術世界。

一般遊客可能感受不到這種氣氛，因為坐飛機抵達的 TUBAH 機場，就是DENPASER 地區，這個最沒有情趣的地方，道路崎嶇。兩旁都是酒店，充滿廉價的水療館，遊客區中賣的東西也是行貨。但始終它是峇里島的中心點，在酒店下榻後，到遠一點的地區，才能找到真正的峇里島。

選酒店很重要，如果找到大集團經營的，那間間相同，與住馬爾代夫或布吉島沒有分別，若太繁忙，招呼又差，那對這個美麗的小島的印象就更壞了。

看你的預算如何，在網上仔細觀察，小巧玲瓏的不少，印尼幣值幾十萬、幾百萬，其實是很少錢的。安頓下來後，就可以到 DENPASER 附近的名勝走走，浪很大的海灘雖美，但海水已被污染，看了倒胃。

必去的是海龍王廟，買票進入後，一路是猴子，會搶東西吃，別展示你那包薯仔片，否則後果不堪設想。小路走到盡頭，有一停留處，供應紫色的紗籠，男男女女都得包上一條，是這裏必須遵從的傳統，如果嫌太熱不包的話，在手腕上繫上一條黃巾亦可。

海龍王廟處於懸崖上，景觀甚為壯觀，白色的大浪沖岸，令人留下深刻的印象，這也是 DENPASER 唯一不變的風景吧，其他的，商業化得很。

有些比較乾淨的海邊，已被高官達人包下，進入得付數十塊美金，但也和世界上的著名沙灘一樣，不只風景相同，連遊客也長得差不多。

一脫離 DENPASER 區，到處可見大型的塑像，有的是宗教中的人物，有的是奇禽異獸，頗為宏偉，交到峇里島匠人的手上，只是雕蟲小技。最常見的是個半人半猴，青面獠牙的怪獸，這是興度教中出名的 HANUMAN，在泰國、柬埔寨、寮國也朝拜此神。

一直往峇里島的中心地走，沿途可看到美麗的梯田，一般的依山而築，這裏的往下挖，梯田嘛，為甚麼不可以走下去而得往山爬，合理得很。

愈接近 UBUD 區愈感到藝術的氣氛的濃厚，木刻的、石雕的、染布的、塑玻璃的，不只是整條街，而是全個村的人，都做同樣的創作。他們日出而作，日落而息，不覺辛苦，每天刻一塊木頭，雕呀雕呀，一件藝術品就產生了。平凡的工匠依足傳統抄襲，差不到哪裏去，偶爾出現一位傑出的，就把想像力發展到無限的空間，做出令人嘆為觀止的作品，若想購買，也是一般人都有能力的價錢。

像一個千年的樹根，鋸為桌面，舖上玻璃，就是一件又美觀又值得收藏的家具，像一塊大岩石，挖一個洞，磨平了，就能當最漂亮的浴缸。

付不起的，是那搬運費。

來了峇里，愛上這個地方，又在一個沙灘中，可買到藍色的奄列。這是一種用有迷幻作用的草菰和雞蛋做出來的美食，令人飄飄欲仙地過一個懶洋洋的下午。許多歐洲人詢問一下，房屋竟然如此便宜，就乾脆買下一間，把能找到的藝術品全部搬進去，又廉價地請了七八個家庭助理，過着一生想像不到的悠閒生活。如果認識對路的朋友，讓你住個一頭半月，的確是無上的享受。

一切俱備，就是差了吃的。峇里島人的精神生活豐富了，就不去管飲食，這方面可以說是極為貧乏的。

印尼菜不是很美味嗎？但峇里的不同，名餐廳賣的甚麼污糟鴨之類的，絕比不上我們的燒鵝。去最著名烤豬店一試，皮一點也不脆，硬得要命。

烹調也得靠原料呀，到島上最大的菜市走一圈，蔬菜枯黃、肉不新鮮、水果糜爛。一向每到一個地方必到菜市場一看，就能感到那裏的活力，但在峇里島，只感沮喪。

不過還是值得去的，當今有家 BVLGARI 的酒店，非常別致，西餐也發展得不錯。如果在島上長居，那麼帶一個中國廚子去吧，在海邊還可以找到剛捕捉到的魚蝦，弄塊地，自己種種蔬菜和水果，一定吃得好。再不然，從蘇門答臘或爪哇大島上請一隊會燒真正印尼菜的姨娘，才沒幾個錢呀。

# 旅遊心得

# 金三角四季酒店

「金三角四季酒店」聽聞已久，一直沒機會去，這次乘私人飛機，經峴港、暹粒，直線飛到最靠近的清萊機場，都是順道而遊。

也只有「四季」這個集團才肯花那麼多功夫，在湄公河上的綠洲森林中開闢那麼一座旅館，想在森林中住幾天，又過得舒適的旅客別無他選。

從機場乘車，約一個半小時，抵達一個小碼頭，故意不裝修開發，是經一條森林小徑，才看得到。

每位客人必穿上救生衣，才讓上船，靠強力摩打，像一支水中利劍的小艇，直往酒店奔去。在湄公河上，導遊指着：「這是泰國，那是寮國，另一邊是越南。」

十五分鐘左右，看到半山中的一座建築物，甚有氣派，那是迎賓屋。奉上冰冷的毛巾，一杯精緻的飲品，有酒精與無酒精任選，之後就得走路了。

爬上階梯，就是一間飯堂，旁邊已有吉普車候駕，坐上，再走數分鐘，另有一間更豪華的餐廳，酒店招待人員說這是早餐的地方。

在這裏分派房間鑰匙，還得走數分鐘才到。所謂的房間，其實是一個個的帳幕，半永久性的，整間旅館只有十五間。

門口點着蚊香，預防蚊子在打開門時乘虛而入。室內一切佈置與大自然融合，當然最先看到的是張大床，屋頂吊着風扇，再下來就是個大蚊帳。浴缸亦擺在中間，像用巨大的象牙雕出來，下面以銀質的金屬包圍。花灑和衛生間以透明塑膠和防蚊紗隔着，要拉開大條的拉鏈才能進出。

天氣一熱，沖涼泡浴的設施最為重要，那巨大的森林花灑，水力很強，打開來真像下大雨。走出大陽台，又有一個耶古齋浴池，上面浮着玫瑰花瓣。

蚊香、防蚊水、叮後膏，應有盡有地供應，森林中最討厭的就是蚊子，這裏讓你放心。

礦泉水，各類的飲品和酒以及送酒小吃和熱帶水果擺滿，住進這家酒店四天，一切都是任食任飲的。甚麼都有嗎？不不，不設的，是電視機，不讓你看。

傍晚，經過一條搖搖晃晃的吊橋，走下山坡，就有一個甚麼酒都有的酒吧，大玻璃瓶中裝着各種堅果和葡萄乾，侍者另奉上各類精緻的小吃。在這裏，友善的酒保為你調製各類自創的雞尾酒，有道叫「鴉片」的，深褐色，甜甜酸酸，酒精強烈。喝了幾種，問有沒有更特別的？酒保點頭：「大麻。」

真的有這種飲品嗎？也不是，調出深綠色的酒來，另一容器中，放着一堆乾的鼠尾香草，然後用噴火器點燃，發出焦味，聊勝於無。

我走到櫃台後，取出湄公牌泰國威士忌，溝青椰汁，說這是我獨創的雞尾酒「湄公河少女」，你試試看。

酒保大叫美味，問我可不可以給他們配方，我說請便。不過湄公牌威士忌再也不生產，用別的威士忌調不出同樣味道，此酒已成絕響了。

遇到兩位法國女子，是研究野象的專家，即刻問她們亞洲象和非洲象有甚麼不同，她們說前者前腳有三趾，後腳四趾，後者前四，後五。

看日落，永遠是那麼美，再去到餐廳，已準備了泰式的豐富選擇，西餐當然也供應，有辣有不辣，還可以特別關照廚房，做你想吃的。

飯後走上斜坡，有一個藏酒室，便宜的任飲，陳年佳釀可得另付錢，但各種芝士，是免費的。

酒醉飯飽，回房，關上門，開始下雨，滴滴答答的雨水落在屋頂的營帳帆布上，特別催眠。

一早，看完日出，折回酒店，已有兩隻象在恭候，是訓練出來的，讓我們拿香蕉和木瓜餵牠們。象會聽幾句泰國話，叫舉鼻就舉鼻，叫坐就坐。更有趣的，是養象人一唱催眠曲，牠即刻睡着。

早餐比晚餐豐富，發現那裏的牛肉河粉湯，比在越南吃的更美味，只遜「勇記」一籌而已。

可以騎象了，換上酒店供應的藍粗布衣褲，不然雙腿內側會被象毛擦破，就不好了。象有些聽話，有些不聽，就得看運氣。當你騎得興起，馴象師向象叫一聲：BAZOOKA（導彈炮）時，鼻就會吸了水向你噴，雖淋濕一身，也大樂。

其他活動包括參觀皇太后開的「鴉片博物館」、騎驢子看瀑布、觀察雨林生態等等，總之你以為住在一個沒有電視的森林中會悶，是錯的。

休息一會兒了，酒店還提供免費的按摩服務，但走到 SPA 有一段路。氣喘時，看到一塊牌子，寫着「YOU ARE ALMOST THERE」（快到了）。再走到累得不能再行時，又有一塊，寫着「DON'T GIVE UP」（別放棄），就看到一間間茅屋的水療室。服務一流，先問你要不要重一點，點頭開始，做到一半已睡去。

住酒店，有時是為了睡一晚，有時是一種經驗，網址：http://www.fourseasons.com

# 四季和安縵

近年的旅行，酒店的選擇多數集中在「四季酒店」和「安縵度假村」，這兩個集團的經營和品味，是極有信用的。

只要在巴黎的「喬治五世」住過，就知道「四季」的實力。他們的選址一流，一走出來就是香榭麗舍大道，但不喧嘩，因為是躲在橫街中。走進大堂就見其氣派，由古建築改造的，樓頂極高。

大堂中種滿了花，用一個巨大的長方形玻璃瓶，花不是直插，而是打橫的，這種插花技術已被其他酒店抄襲，但它那種佈滿每一個角落的豪華奢侈，不是那麼容易學得來。

房間當然寬敞，一個洗手間已有美國連鎖酒店的半個房那麼大，裏面裝修盡量保持古風，在不着眼處才有最新的電器裝置。

布達佩斯那家，由一間舊銀行改建，面對着地標的鐵橋，每一個窗景都是一幅幅的畫。入夜，更照得美麗，對這個城市留下不滅的印象。

伊斯坦堡有兩家，新的在海邊，是當今最熱門的地點，但不如舊的那家，改建自老監獄，就在聖索菲亞教堂的旁邊，夕陽中在天台上喝杯雞尾酒，望着美麗的教堂變顏色。

近一點，去清邁的四季吧，每一間客房都是一座獨立的建築，包圍着中間的一塊農地，兩隻特別的水牛，一黑一白陪着農夫們耕作。

再到金三角，客房是在營帳裏面的，搭在森林之中，客人可以享受所有熱帶雨林的原始風味，但避免蛇蟲鼠蟻的干擾，又有騎大象的節目，很是好玩。

集團由一位叫ISADORE SHARP的加拿大人創立，最初也自己建酒店，後來在一次地產的風波搞到差一點破產，就決定以後只是管理了。他們有一強大的團隊，在各方面都有經營的經驗，地產商只要出一塊地皮一座建築，他們就會完善地經營。當然，不是阿豬阿狗的地產商可以接觸得了的。

四季會向地產商抽總收入的三個巴仙，然後在盈利中再抽五個巴仙的收益，這是他們的經營模式，提供的是四大支柱：品質、服務、文化和品牌。

在九一一事件之後，旅遊界大蕭條，集團又拒絕地產商把房價降低的要求，弄得糾紛不斷出現，最後只有把股份出售。買入的人也很有眼光，是蓋茨和阿拉伯王子，SHARP 只佔五個巴仙罷了。

集團當今恢復元氣，在大陸又新開了多家，他們也回饋社會，致力於環保和大力資助癌症治療基金，都是好事。

酒店業的另一奇葩安縵度假村，由一位很有遠見，並且品味極高的 ADRIAN ZECHA 發起。很多人不知道他是個印尼和捷克的混血兒，也在香港住過，創立了《亞洲雜誌 ASIA MAGAZINE》，當年是隨英文報章送的，也許老一輩的讀者會有印象。

有一次他在泰國的布吉島海邊散步時，忽然腦中出現了一個遠景，為甚麼酒店一定要幾百間房才能成立？為甚麼不可以當成自己的一個家，有私人的海灘？這種新的觀念造成當今最流行的精品酒店，AMANPURI 成功之後，再在峇里島的 AMANDARI 戰勝一役，從此南征北討，一間間建立，原則是絕對不會超出五十間房。

當今安縵開到世界各地，甚至於美國，大陸也是他們的新興市場，已有杭州法雲村的安縵；北京的那家，客人一早起身在頤和園散步，不必和擁擠的遊客分享。

遊柬埔寨的吳哥窟的話，暹粒的施漢諾親王的別墅，也被改建成安縵酒店，精緻得不得了。客人一到機場，就派出幾輛古董賓士車來迎接，氣勢非凡。

安縵酒店永遠是那麼低調和優雅的，也許有人到不丹去是體驗那邊人民的幸福生活指數，但是少了安縵酒店，就失色不少。他們的別墅式酒店佈滿不丹全國，有些是只有八間房，但每一家都有特色，總是隱藏在山中，經過漫長的散步小徑才能找到，被人感覺到完全是與世隔絕的。

當今，安縵已成為開發旅遊的一個工具，政府會租出長期的土地和投入大量的資金去拓荒，像最新的越南芽莊安縵 AMANOI 就是一個例子。

在安縵的官方網站上有這麼一段話：「如果你以酒店房間數目來衡量一間酒店的成功與否，那麼安縵的度假村一定達不到這個目的。我們從來沒有想過要成為最大的酒店集團，剛剛相反，我們希望成為小規模的、私密的、讓人感覺親切的。並不是說因為我們規模小，就比大型酒店好，我們的優勢是與眾不同。安縵酒店集團會提供一個與時並進，而且領導時代的一種生活方式——一種不受任何限制的生活方式。」

安縵 AMAN 這個字源自梵文中的「和平」，若遊過一次，即能體會，也能上癮。上癮之後，便想一家家去住，看有甚麼不同。這種客人，英文有一個名詞，叫 AMAN JUNKIE，翻譯成中文，難聽一點是安縵級貴客，好聽一點，作為安縵癡吧。

下一個旅程，最希望去黑山共和國，體驗一下那邊的安縵。

# 心理負擔

旅行，最討厭的事，莫過於把重要的東西留在旅館中，要轉回頭去拿，走了許多冤枉路，浪費時間。

酒店換了一間又一間，又到出發時候，住多了，對收拾行李有點心得。

出門之前先將東西分成兩個部份，護照、機票、信用卡和現金永遠隨身攜帶，這四位寶貝不能缺一，最後一刻再確定一下。

將一切遺失了也不可惜的東西放進寄艙行李。甚麼名錶首飾，都是庸俗的人才會帶去顯示身份。自信心強的，乾乾淨淨，輕輕鬆鬆，管他人的娘。

除非自己洗濯，要不然內衣褲得帶夠，一天一套。交給人家不是貴不貴的問題，遇星期六日休息，逼得一套穿兩天，髒死人也。若有這種情況，先到便利店買紙的。

進入房間，第一件事便是把隔天要穿的衣服掛起來，好的布料不管多皺，一掛就直，跟流行的普通料子，則得帶個蒸氣旅行小燙斗，噴一噴熱風即筆挺。

內衣褲放進抽屜裏面，梳洗用品則放入洗手間。用的地方，越少越好。

從抽屜中拿出洗衣用之塑膠袋，把穿過的襯衫內衣褲放在裏面。一天一包，體積便不會太大，塞入皮篋縫中，不佔地方。

有些人一看到那麼大的一間房，像不完全用到很可惜似地，這裏放放，那裏放放，這是大忌，收拾起來一定忘東西。

出發時再巡一次。衣櫃、抽屜、洗手間三處看一看，沒用過的地方省了。

盥洗用品，酒店是預計你拿走的，順手牽羊沒問題，但應該只取需要用者，別連毛巾煙灰盅也裝進行李。別人不會認出你做過甚麼，你自己知道自己是貪心的。這些東西不但增加行李的重量，也加重你的心理負擔。

# 趕

酒店忘記下 morning call 叫醒我，疲倦，一覺睡至天明。同事再來電話時，已距離出發只有十分鐘。

這十分鐘內能做些甚麼？

已經不能花時間在思考上面了，總之，看到甚麼就往行李中塞。

一、先解決浴室中的東西。剃刀、鬚刷、洗頭水、哥隆、牙膏、電牙刷、旅行用的軍隊小刀、剪指甲器等等等等，只有在這種胡亂的情形之下，拿錯了酒店供應的棉花棒之類的小東西。一般，我是不去動它們，雖然說酒店是可以讓你拿走的。

巡視一下，乾乾淨淨了，便從此再也不走出走入這間浴室。

二、輪到臥房，先翻被單，有時會把眼鏡留在枕邊的。床裏面甚麼都看不到時，收拾床頭櫃上的東西：香煙、打火機等等。還有幾顆維他命，丟掉算了。

櫃中的衣服，一把抓着，統統塞進箱子。皺不皺？等到下個入住的酒店才去熨，但千萬要注意櫃屜的襪子或內衣褲有沒有遺漏？

房內化妝桌一向不去碰它，不必去管它，連看一眼也費事。

三、衝出廳，首要收拾的是書桌上的稿紙和資料，橫掃進手提行李，絕對不能一件件放，否則又浪費多一秒。

沙發前後有沒有留下雜物？回頭去打開書桌的櫃子，把酒店的信紙拿回到桌上、我有收藏它們的習慣，礙我寫稿，臨走前總得放回原位。

四、最後是門匙，我已經學會每次進房，就把門匙放在電視上面，一定不會忘記。

襪子可以在電梯中穿。

一到大堂，前後一共花了八分鐘。

剩下的時間，抽支煙，鎮鎮神，又是新的一天，新的工作的開始。

# 何處行？

好友送來 National Geographic 出版的兩本咖啡桌書：《Journey of a lifetime（人生之旅）》和《Food journey of a lifetime（人生美食物之旅）》，圖文並茂，非常值得閱讀，尤其對我們辦的旅行團十分有幫助。

有生之年，還有甚麼地方想去？之前我的行程多率性，想到哪裏去哪裏，出發前兩個月才決定。從現在開始，得好好策劃，定一個今後一兩年之內要去的目標。

首先，得將不想去的地方刪除。老實説，美國是沒有吸引力的，尤其是經過九一一後的入國森嚴，大峽谷雖能讓人心曠神怡，還是讓老鷹去欣賞。

阿拉斯加，南極北極的大冰塊也已吸引不了我，沒東西吃，去了又如何。加拿大也可以剔掉，澳洲大堡礁更無看頭，兩個悶死人的地方加在一起的話，不生病不行。

亞瑪遜的原始森林倒有個魅力，但是人生到了這個階段，很怕再給蚊子咬。非洲的紅鶴群，五大動物都已看過，也不比紀錄片精彩。

芬蘭的破冰船、瑞典的北極光等等北歐國家也可以免了，包括風景如畫的瑞士，都是沒有想像力的地方，長出來的人亦然，由他們烹調的食物反映出來。

沙灘和陽光也免了，到過馬爾代夫之後，已不能接受次等的沙和海。潛水看大白鯊似乎應留給年輕人，見到了抹香鯨，也不會感嘆了。

在西班牙生活了一年，去了很多地方，但錯過南部的安達露西亞，還是可去的，從 Jerez de la frontera 到東部的 Antequera，看那山邊一整村的白色屋子，享受一路上的美食美酒。這是一個到任何一個角落的餐廳，都不會令人失望的地方。

泰姬陵去過多次，到印度的旅行另闢線路，從粉紅城市的 Jaipur 出發，一路住由皇帝皇宮改建的酒店，食物要多豪華有多豪華，許多另類的印度菜，一一品嚐。上次到泰姬陵，以為大家會吃不慣那麼多餐的印度料理，但奇怪得很，都能接受。地方高級，帶去的一箱箱礦泉水也沒喝過。

約旦的 Petra 旅程雖辛苦，但說甚麼也值得，從首都亞曼一直向下去，到

Aqaba，全程也不過是一百六十三英里，很舒服走完，東西也好吃，中東國家的到底有歷史和文化，不會吃厭。

俄國的首都和聖彼得堡可以看看，但另一條食物之旅更誘人，那是從愛沙尼亞，經拉脱維亞到立陶宛，當今那些小國經濟起飛，但比起昂貴的西歐來，還是便宜得令人發笑。在那些地方喝伏特加，吃醃肉、芝士和甜品，所費無幾，和物無所值的杜拜比起來，簡直是天堂。

講到酒，蘇格蘭的威士忌之旅不去不行，怎麼看也得走一走，去海港和高原的釀酒廠一一參觀，Islay 島上的產品不容錯過，最甜的 Speyside 丹麥佳釀喝個不停。等大家返港後，我留多幾天，乘渡輪到 Shetland 小島去看蘇美璐和她的女兒阿明，順便把那瓶五十年的威士忌拿去和她先生分享。

醉後高歌起舞，最好的地方應該是阿根廷的探戈，還沒學會的朋友們，看到男女通宵達旦地在街頭跳，也會心動。阿根廷的牛肉被日本、美國、澳洲的蓋過風頭，但是我吃過最有肉味的。説到柔軟，只要選好的部位，不遜神戶。一講到牛肉，想起我們的團友陳先生，他外號牛魔王，這一回好像為他而設。

火車之旅的話，還是可以考慮從倫敦到威尼斯的東方快車。多年前走過一趟，當今應該沒改變，也許辦得更好。車上吃的是氣派，一路看風景補數，在倫敦可以先享受 St. John's 的豬頭豬尾和內臟，到威尼斯時，Happy's Bar 還是可以一去再去的。入住 Hotel Cipriani，喝杯真正的蜜桃雞尾酒 Bellini，吃餐廳的招牌菜 Taglierini verdi，才不虛此行。

如果你沒試過豪華郵輪，一定嚮往。但試過之後你便會覺得不過如此，尤其是那些大公司大船身的，餐廳沒分等級，一切千篇一律，舞台表演永遠是三流貨色，你就會同意我說的沒甚麼大不了。

能吸引我的是地中海諸島的小型郵輪，住得好吃得好，又能下船到各小島去購物。相信大家也會喜歡，另一個行程是乘郵輪到巴西，算好日子。參加他們一年一度的嘉年華，看街上女人大跳特跳。

有時，不能招呼眾人，只作孤獨之旅，那最好的還是跟着珍．奧士汀的踪跡，到她住過的 Chawton House、Beechen Cliff、Small Cliffside Garden 去，發思古之幽情。

詩人 Wordsworth 的湖邊住所也一定應去看看，到底他寫的水仙花是不是那麼美。

另有洗滌心靈的，像湄公河的 Road to Mandalay，每天看兩岸寺廟，聽鐘聲，日出日落，我們過幾天就要出發了。

# 飛行等級

當今世界上的航空公司，座位大致分三種：頭等、商務和經濟。

以最新資料，用香港往返飛倫敦為例，價格如次：

國泰航空的價格是：頭等：九萬港幣，加燃油附加費四千多，等於九萬五。商務四萬一，加四千三百九十二。經濟六千五百八十，加三千四百八十。

更貴的是英航，頭等要九萬九，加七千。

大致來說，一張頭等可買兩張商務，一張商務可以買四張經濟，而一張頭等是九張經濟的價錢了。

當然，你可以拿積分來換取機票，但機會難如登天。聰明的消費者會先買一張經濟或商務，再以積分去爭取更高的等級，可能性較大。

花那麼多錢去坐頭等，不如忍它一忍，乘經濟，省下那幾萬塊去購物，多好？這也是一種想法，但你的錢多到花不完時，就不會去打這個主意。

而商務艙多數是公司出錢讓人旅行的，也不計較多少了。航空公司的算盤打得比你響，他們發現，經濟艙的收益只佔總收入的五至六成，而商務的已有三成以上，頭等只能不到十個巴仙，所以有些短程的航線，乾脆取消了頭等，只有商務和經濟。

但是，近來的貧富懸殊已有強烈的對比，有錢的更有錢，所以那些產油國，和經濟起飛的亞洲國家，都增多了頭等的座位，有些還以套房、浴室等服務招徠，收益會達到十五個巴仙左右，就拼命從這方面動腦筋，可憐的美國航空業望塵莫及，生意都被搶走了。

生活質素的提高，商務艙已是搶手貨，不管是否公費，大家一坐過之後，已不能退步去坐經濟艙了，自掏腰包，也非商務不可，有些航線，已是一半商務一半經濟了，更誇張的，是整架飛機，只有商務的趨勢。

人往高處，乘商務的，心中也一直想要坐頭等，頭等那麼好嗎？值得嗎？可以把座椅當床平臥，是最大的特點，但這種服務，多數的商務艙已能做到。吃得好，喝得佳嗎？也不是，所謂的香檳，皆非第一流的，魚子醬更是鹹得要死。坐歐洲的航空公司，頭等還有一點頭等味道，亞洲的，有錢人通街都是，不當你是貴客。頭等，只能遇到一些不肯退休的空中服務員，反正不會被炒魷魚，也帶狗眼看人低的眼光了。

說甚麼，也是商務物有所值，但物有所值這句話，是昂貴的，當今的旅行費，絕不便宜。

經濟艙那麼不好嗎？

的確差，第一，座位狹窄得不得了，尤其對腳長的人來說。如果旁邊遇到一個胖子，那更糟更受罪，他會拼命把手臂伸過來侵佔你的地盤，如果是一個酗酒的，更令你受不了，而且是十多個鐘頭的受不了。

不過，喜歡旅行的人，最初誰沒有經過坐經濟艙的階段呢？有得出國，已是幸福，哪管甚麼舒不舒服？那種興奮的心情，已經蓋過一切的辛苦，年輕的我，只要聞到飛機的汽油味，快樂得很。

當年商務艙還沒設立，飛機只有頭等和二等，前者當然不夠資格乘坐，後者是唯一的選擇。

一登機，即刻看有沒有其他的空位，如果能夠找到旁邊無人的，已經可以把蜷曲的身體舒暢一下，把腳架了過去。要是碰上後幾排沒人，更像中了彩票，飛機一上天空，馬上霸佔。那時候的手柄還可以拉起，有了三個空位，就能當床，舒舒服服睡它一覺。

全機滿座，那就甚麼辦法都沒有了。隨遇而安吧！幸運時，旁邊坐着一個和你一樣喜歡旅行的女子，和你一路分享她的趣事；倒楣時的醜女，喋喋不休，但也好在是異性，一個永遠話說不完的男人，更討厭。

吃的當然是吞不下去的東西，最初旅行的經驗，已告訴我千萬別去期望。教訓自己一定要帶食物，我的隨身行李總是大包小包，盡量是一些零食和當地美味，像叉燒、糯米雞、NASI LEMAK之類。杯麵更是不可少，這習慣至今到乘坐商務或頭等，都是不變。

酒是最好的鎮靜劑和安眠藥，也不求機上免費的供應，自帶一瓶甜的，像BAILEYS或砵酒，另一瓶烈的，拔蘭地威士忌皆宜，喝到昏昏欲睡，醒來又把前者當甜品，總之無醉不歡，已經到達目的地。

看電影是最大的樂趣，當今的經濟艙，前座的椅背是已有銀幕，一部看完又一部，電影看完再看電視片集、紀錄片、新聞，甚麼都看，看到眼皮重如石頭為止。

閱讀更佳，最好是金庸小說，亦舒也好，但要多帶幾本。勵志書最能催眠，哲學、宗教的也有同樣功能。

但經濟艙對我來講始終是一個噩夢，尤其想到當年由新加坡夜航到淡米爾那一程。當地禁酒，整架機的印度乘客拼了老命大喝，洗手間充滿酒後穢物。想睡，蓋的被有一陣難聞的味道。自從那一程，我立志賺錢，一定要讓自己在旅程中過得好一點。各位不想坐經濟位，也只有和我一樣，往錢看了。

# 機上禮貌

乘飛機，應該有機上禮貌。

別人怎樣做，我不去管它，但自己總得遵守。

第一、坐在位子上，靠手部份絕對不侵犯到鄰椅的範圍。要是中間有條很窄的手靠，只佔一半，永遠避免過界。

第二、進出座位時，絕對不要把前面的椅背拉住。最討厭人家把我的椅背一拉，有時連頭髮也給他拉個正着。

第三、絕對不要把膝蓋頂着前面座位，這是令人反感的行為。椅背原來是那麼單薄的，給人頂住，等於頂住中氣。

第四、選窗口位坐，出入時跨過鄰座，或者等他也去洗手間時，跟着出入，盡量不要對不起、對不起地騷擾別人，煩自己。

第五、用完洗手間，一定把洗臉盆擦個乾乾淨淨，尊重下一個用者。

第六、除了必須，絕對別用洗手間內的東西，如牙刷、剃鬚刨、梳子等。這些基本器具，善於旅行的人必然懂得自己攜帶。

第七、盡量不麻煩空中小姐，七四七那麼大的飛機，她們已忙得要命了，學會憐惜她們吧。要酒時多來兩小樽好了。梳打水或可樂，一要就要整罐，別讓她們分開倒在小玻璃杯裏，走多幾趟。

第八、枕頭和被單，入座之前看有沒有安排。看不見即自取，別在途中要求。用完之被單，摺疊好歸還，這不只是禮貌問題，它能顯示出你愛整齊乾淨的習慣。

第九、偷機中食的餐具，是最無恥的行為，拿回家用，給客人看到飛機公司嘜頭，也不是很光采的事，此物沒多少錢，自己買好了。

第十、旁邊坐着一個很討厭的八婆，和你聊幾句，也要客氣地回她，然後看她一轉頭即刻假裝睡去，便不會再受干擾。要是她還那麼無休止地七嘴八舌，叫她住口，也是禮貌。

# 我的的士經驗

第一次到香港是六十年代，那時候的天星碼頭排成一列的的士，竟然是被認為高級車的賓士，就感到十分詫異，來香港可以乘到名牌車當的士，多麼快樂。

隨時代的變遷，代之的幾乎是清一色的日本車，有些為了便宜，還用可燃氣體運行。到了日本，更是通街的日本的士，有大小之分，小的當然便宜一點。

在全盛的七十年代，日本根本叫不到的士。經濟的起飛，大家都肯花錢，晚上在銀座或六本木叫車，要伸出一至三根手指，表示乘客肯花這個倍數的錢，的士大佬才把車子停下。

經濟泡沫一爆，爆了二十多年，沒有起色，日本的豪華奢侈得到了報應，的士行業更付慘重代價，街頭巷尾一堆堆的空車，就算長途減價，也沒有人坐。所以看一個國家的興盛與衰弱，看都市的的士有沒有人搶就知道，這個指標最為明顯。

永遠一枝獨秀的是倫敦的士，他們從十七世紀開始有馬車的士，現代化之後改為黑顏色，又笨又大的汽車的士，依足馬車年代的傳統，未上車之前先在街邊向司機交代要去哪裏，如果你跳上車才講目的地，那你是一個遊客而已。

最初用的是 AUSTIN 廠製造的，這種老到掉牙的款式，當今已變成博物館展品，有錢人紛紛買一輛來收藏，記得當年的歌星羅文也擁有過一架漆成粉紅色的。

倫敦的士的乘價，可以說是全世界最貴的了，沒有必要無人乘坐。我們這些遊客是例外，在倫敦坐的士是一種樂趣和經驗，司機永遠是一位所有路線都熟悉的人，他們得經過考試又考試，從不會失手，也沒見過他們用 GPS 導航。

在優雅的年代，的士一定是愈大愈有氣派，倫敦的用黑色，紐約的則用黃色，不叫 TAXI，通常以黃色車輛 YELLOW CAB 稱之。

從前，紐約的的士司機對路也熟，而且非常健談，時常講些黃色笑話給乘客聽，曾經有人結集成書，出版了一二三四好幾冊。

經濟轉好後，意大利籍或猶太籍人已不當司機了，和雜貨店一樣，都交給新移民去做，沒有衛星導航的年代，走錯路是家常便飯。當今有了，照樣走錯。

紐約的的士司機一向希望得到打賞，故小費不可少，有位富豪的太太初到紐約，沒有零錢，在袋中找到了一個銅幣，司機收到後大聲叫喊：「這個女士給了我一毫子！」

說後把那個錢幣交還給那太太：「你留着吧，你需要它，多過我需要它。」

巴黎也和倫敦一樣，是一個最早有的士的都市，乘價也非常之貴，但就算有錢賺，本國人也漸漸不肯幹這辛苦的行業。你不搏命我搏命，新移民如越南人早做夜做，賺到滿鉢，但政府為了怕他們過度疲勞，對交通造成禍害，就用運行時間來控制他們，所以你在巴黎看到的的士，後面一定有個電子時鐘，司機超時工作，一被抓到，執照即刻被吊銷。

羅馬的的士司機最不守規則了，在街頭亂竄，他們的話也多，講個不停，不管你聽不聽得懂意大利話，兜路的情形也多，尤其是來自拿玻里的司機，那邊的人甚麼壞事都做，帶你走遠路已算客氣的了。

如果說到暴走，那麼墨西哥城的的士司機稱第二，沒人敢稱第一。他們簡直當自己是飛車手，橫衝直撞，用的又是甲蟲車，墨西哥自己製造的，鋼水不如德國的那麼堅硬，一年要撞死好多人，而且，在那麼熱的天氣之下，這些甲蟲車多數沒有冷氣，熱得要命。在其他國家，舊款的甲蟲車已是收藏的對象，大家都說要找零件很難，那麼去墨西哥吧，那邊大把，通街都是甲蟲車。

西班牙的士司機也有多話的毛病，一上車，他們都滔滔不絕地說東道西，不過很奇怪，西班牙人老實，我在那邊住上一年，從沒有遇到會兜路的。當年老舊的車居多，車子壞了，司機也從來不會拿到車房去修理，這輛的士是他的坐騎，不當車，而是馬，馬病了，主人自己醫治，不送醫院。

在國內的各大城市，一跳上車，就看到司機戒備森嚴，後面有鐵欄杆，又有很厚的透明塑膠片來防衛，這是遇到壞事多了之後的結果，但也得看城市，像無錫，大家都很斯文，而且的士司機女的居多，是一個很奇妙的現象，不知當今有沒有改變？

出街能夠一招手，就有的士停下，是件幸福的事，只有大都市才有，有些例外，像洛杉磯，怎麼看也看不到一輛，不預早打電話訂，根本沒有辦法找到，有時打了電話也沒車，像胡金銓住洛杉磯，駕車拿衣服到城中去洗，出來時車子壞了，怎麼叫車都不來，最後只有向鄭佩佩求救，從一兩小時之外的地方駕車來送他回家。

我們住在香港最幸福了，如果要移民，我看我只能選紐約或倫敦，理由很簡單，那邊叫得到的士。